十八岁给我一个姑娘

冯唐

著

北京联合出版公司
Beijing United Publishing Co.,Ltd.

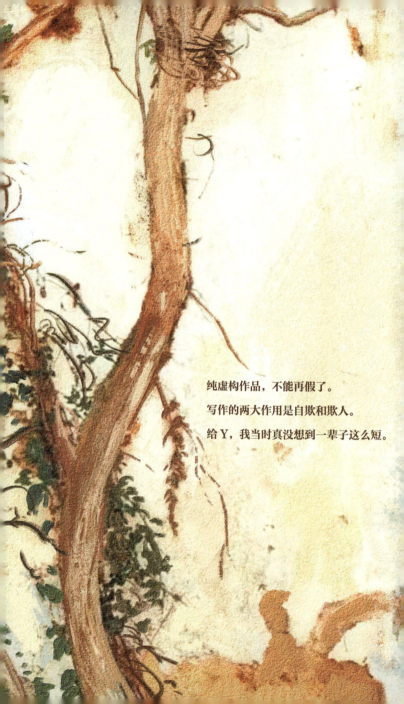

纯虚构作品，不能再假了。

写作的两大作用是自欺和欺人。

给 Y，我当时真没想到一辈子这么短。

一串歪歪斜斜的小足印，在蒙蒙的水雾里通向远方。于是一个戴蓝色小尖帽的小妖怪就顺着那串小小的足印，歪斜地走进窗外的冬天。

目录

序言 _01

序言

从时间上说，这篇东西是《万物生长》的前传。从内容上说，与《万物生长》没有任何关系。之后会写一篇《万物生长》的后传，写一个从北京到美国，混不下去再从美国回到北京的庸俗爱情故事，题目暂定为《北京以东，纽约以西》。

《十八岁给我一个姑娘》的写作动机非常简单，在我完全忘记之前，记录我最初接触暴力和色情时的感觉。

十七八岁的男孩，斜背一个军挎包，里面一叶菜刀。腰间挺挺的，中横一管阳物。一样的利器，捅进男人和女人的身体，是不一样的血红。

那时候，杂花生树，群莺乱飞。激素分泌正旺，脑子里又没有多少条条框框，上天下地，和飞禽走兽最接近。但是，这些灵动很快就被所谓的社会用大板砖拍了下去。双目圆睁、花枝招展，眼见着转瞬就败了。有了所谓社会经验的我，有一天跑到南京玩，偶然读到朱元璋写莫愁湖胜棋楼的对子："世事如棋，一着争来千古业。柔情似水，几时流尽六朝春。"当下如五雷轰顶：我×，又被这帮老少混蛋给骗了。朱元璋的对子白话直译就是：控制好激素水平，小心安命，埋首任事，老老实实打架泡妞。朱元璋是混出名头的小流氓，聚众滋事，娶丑老婆，残杀兄弟，利用宗教，招招上路而且经验丰富，他的话应该多少有些道理。

那时候，在北京晃荡，最常见的一个汉字就是"拆"。刷在墙上，多数出自工头的手笔，白颜色的，平头平脑，字的周围有时候还有个圈，打个叉。"拆"不是"破"，"拆"比"破"复杂些，不能简单地一刀捅进去，需要仔细。本来想抓来做书名，反映当时的活动和心情。但是书商嫌名字太平，而且也被一些现代艺术家反复使用。既不抓眼，又不原创，于是算了。

那时候，听崔健的歌，看他一身行头，像动不动就号称帮我打架的大哥。记得他有一句歌词，说有了一个机会，可以显示力量，"试一试第一次办事，就像你十八岁的时候，给你一个姑娘"。我感觉，改改，是个好的小说题目，决定拿过来用用。

第一章
朱裳

我早在搬进这栋板楼之前，就听老流氓孔建国讲起过朱裳的妈妈，老流氓孔建国说朱裳的妈妈是绝代的尤物。我和朱裳第一次见面，就下定决心，要想尽办法一辈子和她耗在一起。

十七八岁的少年没有时间概念，一辈子的意思往往是永远。

第二章
一定要硬

"你现在还小，不懂。但是这个很重要，非常重要。你想，等你到了我这个岁数，你没准也会问自己，从小到大，这辈子，有没有遇见过那样一个姑娘，那脸蛋儿，那身段儿，那股劲儿，让你一定要硬，一定要上？之后，哪怕小二被人剁了，旋成片儿，哪怕进局子，哪怕蹲号子。之前，一定要硬，一定要上。这样的姑娘，才是你的绝代尤物。这街面上，一千个人里只有一个人会问自己这个问题，一千个问这个问题的人只有一个有肯定的答案，一千个有肯定答案的人只有一个最后干成了。这一个最后干成了的人，干完之后忽然觉得真没劲儿。但是你一定要努力去找，去干，这就是志气，就是理想，这就是牛 × 。"

那是一个夏天的午后，老流氓孔建国和我讲上述一席话的时候，背靠一棵大槐树，知了叫一阵停一阵，昭示时间还在蠕动。偶尔有几丝凉风吹过，太阳依旧毒辣，大团大团落在光秃秃的土地上，溅起干燥的浮尘。很多只名叫"吊死鬼"的绿肉虫子从咬破的槐树叶子上拉出长长的细丝，悬在半空，肉身子随风摇摆。老流氓孔建国刚刚睡醒，赤裸着上身，身子还算精壮，但是小肚子已经渐拱，肚脐深深凹进去，脸上一道斜刺的刀疤显得苍白而慈祥。一条皮带系住"的确良"军裤，皮带上有四个排在一起的带扣磨得最旧，像年轮一样记录老流氓孔建国肚皮的增长：最里面一个带扣是前几年夏天磨的，下一个是前几年的冬天，再下一个是去年冬天，最外边是现在的位置。老流氓孔建国午觉儿一定是靠左边睡的，左边的身子被竹编凉席硌出清晰的印子，印子上粘着一两片竹篾儿。老流氓孔建国头发乱蓬蓬的，说完上述这番话，他点了根儿"大前门"烟，皱着眉头抽了起来。

我爸爸说，他小时候上私塾，填鸭似的硬背《三字经》、《百家姓》、《千家诗》、四书五经，全记住了，一句也不懂。长到好大，重新想起，才一点点开始感悟，好像牛反刍前天中午吃的草料。我爸爸总是得意，现在在单位做报告，常能插一两句"浮沉千古事，谁与问东流"之类，二十五岁以下和五十岁以上的女性同事通常认为他有才气有古风。这之间的女同志，通常认为他臭牛×。

当老流氓孔建国说上述这番话的时候，我一句也听不懂。我也是刚刚睡完午觉，脑子里只想如何打发晚饭前的好几个钟头。我觉得老流氓孔建国少有的深沉。说话就说话吧，还设问，还排比，还顶真，跟语文老师似的。心里痒痒、一定要做的事情，我也经历过，比如被尿憋凶了踮着脚小跑满大街找厕所，比如五岁的时候渴望大衣柜顶上藏着的沙琪玛，比如十五岁生日的时候想要一双皮面高帮白色带蓝弯钩的耐克篮球鞋。

所以现在我想起来后怕，如果没有老流氓孔建国对我的私塾教育，我这一生的绝代尤物将一直是便急时的厕所、沙琪玛和皮面高帮耐克鞋之类的东西。

第三章

抓女流氓

老流氓孔建国已经很老了，比我大出去二三十岁。和唱戏的类似，流氓四五岁一辈儿人。常有出了大名头的老流氓被隔了一辈儿的小流氓灭了，一板砖拍傻了，一管叉捅漏了，这也和唱戏的类似。所以，按年龄算，从道上的辈分上论，我和老流氓孔建国足足差出五六辈儿。

我当时十七八岁，正是爹妈说东，我准往西的年纪。

搬进这栋板楼之前，我老妈反复强调，这楼上楼下，绝大多数是正经本分人，可以放心嘴甜，滥叫爷爷奶奶叔叔阿姨，给糖就要，给钱就拿，不会吃亏。他们家的孩子找碴儿，我可以自行判断，如果有便宜占，就放手一搏，别打脸，瞄准下三路，往死里打。但是有两组人物，我必须躲着走。

其中两个人物是一组，姓车，是朝鲜族的一对孪生姐妹，眉毛春山一抹，眼睛桃花两点。脸蛋长得挺像，一样的头发过肩，但是身材有别。一个小巧，跌宕有致；一个健硕，胸大无边。所以小的叫二车，大的叫大车。刚刚改革开放，大车、二车就仗着少数民族，奇装异服，我老妈的眼尖，看见她们"脚脖子上都戴金镯子，叮当坏响"。

大车、二车总是双宿双飞，她们驶进楼里的时候，我总是放下手里的教科书和作业本，蹿到阳台，趴着张看她们的奇装异服，看她们又拉来了什么人物，看她们一清二楚的头发分际，分际处青青白白的头皮，分际两边油光水滑的头发。当时还没有"海飞丝"，劲松小区还是庄稼地，夏天可以在稻田里捉蜻蜓，武警官兵在周围养猪放羊。我洗头用一种"灯塔"牌的肥皂，涂上去感觉自己的脑袋像个大号的猪鬃刷子，但是我记得清清楚楚，大车、二车的头发没有一点头皮屑，苗壮得像地里施足肥料的绿油油的庄稼。那种油光水滑，眼珠子掉上去，也会不粘不留地落到地上。我的眼睛顺着她们的头发滑下去，她们雪白的胸口一闪而过，我的心里念着儿歌："小白兔白又白，两只耳朵竖起来。"

那时候我爸是单位里的忙人，代表群众的利益，出门挣钱，常年在外。我姐姐是老实孩子，剃个寸头，促进大脑散热。用功无比，还是老拿不了第一，把头发剪得再短，也当不了她班上男生心目中的第一大牲口（学习好的女生都是牲口），于是头也不抬，更加用功。我老妈小时候是农民，长大混到城市当了工人，是国家的领导阶级。我老妈把劳保发的白棉线手套带回家，拆成白棉线，然后替我和我姐姐织成白棉线衣，一点风不挡，一点弹性也没有。我想如果织成内裤，一定能起到防止那玩意儿竖起来的作用。老妈的思路比我窄，总是想不到。我老妈拆棉线织线衣的时候，被拆的手套戳在一把倒过来的椅子腿上，她坐在对面，穷极无聊，总想找人聊天。那时候的电视是九英寸黑白的，老妈不爱看，她一三五说电视主持人弱智，二四六说电视主持人脑子里有屎。姐姐总在做功课，我妈就来和我贫，我可能臭贫了。我妈说，将来嫁给我的女孩子有福气，找了我，有人说话，不用看弱智电视，省电，一辈子不烦。

我妈说，安心功课，别闻见香风就蹿到阳台上去。我说，鸿雁将至，我保护视力，我登高望远，我休息休息，看看乘客是谁，看看有没有我爸乔装打扮混在其中，好报告我妈。我妈说，乘车的都不是好人。我说，乘车的好像都是街面上挺得意的人，不知道我爸够不够级别。我妈说，不许你搭理她们。我说，是人家不搭理我，人家是女特务，我才只是个红小兵，远不到红队长、红支书、红主任的级别，除非我腰里掖着鸡毛信，否则人家才不会摸我呢，我的级别差得远了。我妈说，人家要是就诬陷你腰里掖着鸡毛信呢？人家要是偏要搭理你怎么办呢？我说，我就喊"阿姨我还小"。我妈说，人家要是还搭理你怎么办呢？我说，我就喊"阿姨我怕怕"。我妈说，人家要是还搭理你怎么办呢？我说，我就喊"抓女流氓啊，啊——啊——啊"。

还有三双手套剩着，我妈的棉线没拆完，线衣没织成，就总是没完没了，警惕性很高。我还是个孩子，所以空气里永远有感冒病毒，街上永远有坏人，即使没有特别坏的人，也要从好人中确定比较坏的人，然后给他们戴上帽子，他们就特别坏了。

　　我像期待感冒病毒一样期待着坏人，得了重感冒就不用上学了，我妈也不用上班了，还给我买酸奶喝。酸奶是瓷瓶装的，瓶口罩张白纸，用根红皮筋绷了，喝的时候拿一根塑料管捅进去，噗的一声。医院里有来苏水的味道，老女医生老得一脸褶子，又干净又瘦，像个巫婆，年轻女护士歪戴着个小白帽，遮住油光水滑的头发。她们通常用口罩糊住五分之四个脸，眼睛从不看我的眼睛，只是盯着我的屁股。碘酒在我屁股上丝丝蒸发，我感到一丝丝凉意，"小白兔白又白，两只耳朵竖起来"，我知道那一针就要来了。心里说，赶快捅吧。

　　但是女特务永远叨着烟卷抹着头油鲜艳在电影里，大车、二车始终也没给我机会，让我高喊"抓女流氓"。

第四章
十万个为什么

我不能亲近的另外一个人物就是老流氓孔建国。我让我妈给个理由。我妈说，老流氓孔建国两眼贼亮，一点不像好人，而且具有教唆青少年学坏的强大力量。我说，以貌取人，太笼统，我的眼睛也贼亮。我妈说，老流氓孔建国不事生产，不属于工农商学兵，无法归类。我说，孔丘、荆轲、李渔、鱼玄机、苏小小、陈圆圆，我的偶像都无法归类，他们拼命不随大流，弄出些故事，让大家的精神生活丰富多彩。我妈说，老流氓孔建国没有单位，社会关系复杂。我说，我妈的社会关系也复杂，我妈认识副食店卖肉的，净给我妈切瘦的，偶尔还免肉票。我妈认识厂子里做冰棍的，她领的冰棍都是第一锅冻的，色重香浓，一看一舔就知道是红果味儿的，吃一口，香精浓得麻嘴。我妈还认识邮局卖邮票的，新邮票上市我妈不用排队就能买到，转手到月坛邮市就能卖个高价。我妈说，你妈妈的，我是你妈还是你是我妈？你给我听好，不许你和老流氓孔建国穷混，否则棉线衣的领子给你织紧一寸，不许就是不许，没有那么多道理。

那个时候，我的生活总体来说简单枯燥。早上天刚亮就被老妈吼醒，扒拉几口稀粥咽几口馒头，富余两三分钟就在馒头里抹层芝麻酱和白砂糖。然后骑车上学校。路上常碰上同班或是同年级的女同学，早上的太阳底下，她们的"的确良"或是"乔其纱"的小褂半透明地摇摆，很容易知道有没有戴奶罩，甚至能看到背后是用纽扣还是搭钩固定的。现在想起，这种半透明的摇摆比抽屉里的成人录像淫荡百倍。

要是女生长得太丑，就狠蹬几下超过去，让她们看见我潇洒的身影和崭新的褐红色塑料底布片鞋。要是长得还端正，天气又好，就搭讪几句一路骑过去，早上的太阳底下，女生头发的颜色和其他时候不一样。

不闹动乱、没有地震，白天总要上课。数学老师因为自己是弱智，总把学生当弱智对待。数学老师为了讲解负数概念，在教室里的水泥地板上走来走去："我向前走三步，我向后走四步，我一共前进了几步？"当时文学绝对是显学，所有青年人可以分为三类：文学男青年、文学女青年和不上进青年。所有语文课老师都热爱文艺，偷偷写小说写散文写诗歌，努力在报刊上发表，用气质弥补身材长相的先天缺陷，坚信一定能万众瞩目、扬名四海。我们语文老师是个戴小黑眼镜的小老太太，精气内敛，表情刚毅，偷偷写言情小说，还隔三岔五在《北京晚报》的《五色土》文艺副刊公开发表几行朦胧诗，比如"你有你的铜枝铁干，像刀、像剑，也像戟。我有我红硕的花朵，像沉重的叹息，又像英勇的火炬"。她总给高分的几个心腹学生都精通两种修辞方法：排比和拟人。我们语文老师说：排比用以论述，有气势；拟人用以抒情，有情调。我觉得语文老师在文字上灭我有些困难，我从小就觉得文字如胶泥，捏起来有趣。我小时候热爱毛主席，背他老人家的诗词："自信人生二百年，会当水击三万里"，觉得白居易"九岁知音韵"没什么了不起。进而热爱毛主席激赏的李白，背"天上白玉京，十二楼五城"，觉得毛主席喜欢得的确有些道理。我上进心最炽烈的时候，写作文《游园有感》，尝试了拟人手法，尽量事儿逼："公园一角，有个池塘。池塘边一棵柳树，池塘里一条金鱼。我好似水底鱼随波游戏，你好似池边柳将我调戏。"小黑眼镜语文老师立刻用板砖拍死我，批注如下："格调低下，心理邪仄，有严重流氓倾向。建议家长没收其所有不良课外读物，订阅《北京晚报》，特别精读《五色土》副刊，引导其灵性，抒发其才气，不致堕入歪路。"

我中午在学校包伙，每月八块五，一荤两素三两米饭。晚上回家吃，饭后常常有作业需要对付。周末可以睡个懒觉儿，然后借姐姐的月票去坐公共汽车胡逛。姐姐长得粗壮，我长得清秀，我在她月票的照片上添了笔小胡子，半男不女的，随手一晃，售票员分辨不出来。老爸如果在家，会拉我去新华书店，他觉得我是个可塑之材。老爸的一个爱好是磨刀，他把所有能磨成刀的都磨成了刀，钢板尺、钢筋、钢管。还钻两个孔，加上木把儿，偶尔刻个花纹或是一句"千家诗"。老爸觉得我是可塑之材的意思，就是认为我也能被磨成一把刀，安个木把儿。

我一本书也不想买。那时候写小说散文的叔叔大婶们患有永久性欣快症。他们眼里，黑夜不存在，天总是蓝蓝的，姑娘总是壮壮的，看见宝塔只想到延安。科普书多走《十万个为什么》一路，告诉你圆周率小数点之后两百位是什么，还编了文言的谐音段子帮助你记忆，什么"山顶一寺一壶酒，尔乐苦煞吾"，说记住了就可以跟同学显摆了，格调低下，心理阴暗。《动脑筋爷爷》长得像我们的数学老师，一副大脑少根筋的样子。我翻来翻去，还是不明白我为什么喜欢趴在阳台上俯看大车、二车青青白白的头皮和油光水滑的黑头发，想象她们的味道，然后"小白兔白又白，两只耳朵竖起来"。

第五章
老流氓孔建国

老流氓孔建国是我枯燥生活中的光亮。

老流氓孔建国没什么正经工作，总在街前楼后晃荡，但是有时候会突然消失一阵子，几个月或半年之后又重新冒出来，脸上多道伤疤或是腕子上多块金表。老流氓孔建国也穿蓝布褂子、绿军装、塑料底布片鞋，但是他挽起袖口，不系风纪扣，片鞋永远不提上后帮，在不经意的时候，眼睛里亮亮地冒出凶光，和其他人不一样。多年以后，我看时装秀，男模特一个个很有气质地踱上舞台，每个人都故意怒气冲冲的，眼珠子瞪得溜儿圆，好像下定决心，逮谁灭谁。我蓦地想起老流氓孔建国，不由得笑了，仿佛看见一只只便秘的阉猫模拟目露凶光的老虎。

老流氓孔建国和他的哥哥和嫂子同住。哥哥是绝对的本分人，老实、话少，整天穿四个兜的深蓝色工作服，一手机油。嫂子是个厉害角色，小处绝不糊涂。哥哥日出而作，日落而息，除了一定要给老流氓孔建国弟弟一张床睡觉之外，万事都听嫂子的。嫂子知道老实人讲起原则来，威武不能屈，但是只有一间屋子，不能总三个人混着住。老流氓孔建国什么名声？外面的小屁孩子已经开始乱唱歌谣，"好吃莫过饺子，好玩莫过嫂子"。由于住在一楼，嫂子逼着哥哥，不顾街道委员会要罚款的扬言，在楼外面接出一间小砖房，给老流氓孔建国睡。小房有个小窗户，夏天漏雨，冬天漏风，从楼里拉了根电线，接了个二十五瓦的电灯，嫂子不拉闸限电，就长久亮着。

　　方圆好几里像我这么大的半大小子，没见过山洞，没见过隐士，没见过巫师，没见过大盗，没见过少林和尚，没见过蒋匪特务，所以把所有对"怪力乱神"的敬畏景仰都落实到老流氓孔建国和他的小房子身上。我们敲老流氓孔建国的门，听老流氓孔建国讲那过去的故事。我们的议题很广泛：拳法，内功，冷兵器的制造，火药的配制，如何挨打，如何把人打成内脏出血但是外面一点看不出来，如何一战成名两天立腕儿，谁又把谁叉了，谁又拍了什么样的婆子，谁又夺了谁的情儿。天气冷的时候，我们勾在老流氓孔建国的小房里，四壁贴着半年前的《人民日报》和大奶大腿的洋妞挂历，炉子里有蜂窝煤，就在顶层凹陷处焖几块白薯，在上面再坐一壶热水。天气转暖，几个臭小子挤在一间小屋子里，味道容易馊，就挪到楼群间的槐树底下，但是更多的时候，我们去防空洞。

我们真心感谢毛主席和那些开国的将帅，感谢他们对他们经历过的战争岁月的留恋，号召"深挖洞，广积粮"，我们有了防空洞。战争还在天边喘息，还会像潮水一样漫延过来，还会像蝙蝠一样滑翔过来，还会像蜗牛一样潜行过来。危险还在，暴力还在，我们对防空洞比所有人都熟悉。地上的世界，是属于那些写小说和散文的叔叔大婶的，黑夜不存在，天总是蓝蓝的，姑娘总是壮壮的，看见宝塔只想到延安。地下的世界是老流氓孔建国和我们的，没有黑夜，没有蓝天，没有健康的壮姑娘，时间稠得像糨糊。

我们仔细看管我们势力范围内的大小防空洞入口。我们不怕片儿警和街道大妈。我们那儿的片儿警赤手空拳没家伙带，都是被吓大的。派出所墙上刷着标语："抢劫警车是违法的，殴打民警是要坐牢的""不准私造枪支，不准私藏弹药"。街道大妈左胳膊上戴个红袖标，用个曲别针别了，照料所有片儿警照料不到的地方。其中最牛的是胡大妈，奶大垂膝，从不戴奶罩。宣称国家规定，国营单位女职工，为国家建设做出了卓越贡献，五十岁退休，六十岁就可以不戴奶罩，六十五岁就可以不穿内裤，七十岁就可以打人不犯法。胡大妈今年六十三了，每天都热烈地盼望活到七十岁。胡大妈裹小脚，但是天生神力，一般质量的门闩一脚就踹开。团结湖地方志上记载，光天化日之下、工厂机关上班时间，胡大妈破门而入，一个月最多将五对奸夫淫妇捉拿在床，和当时地方上著名的猎杀麻雀大王一起上台领奖。有一回，天刚黑，胡大妈顺着烟味儿找过来，几乎一脚进了防空洞，好在偷偷抽烟的几个人里有刘京伟在，临大事有静气，他提了虎头牌的大手电，冲到防空洞口，迎了胡大妈，吐出舌头，哈喇子尺长，手电从下往上一照脑袋，舌头红彤彤的，哈喇子银亮亮的，胡大妈当下就瘫了。

我们怕的是爹妈之类的大人，怕我们学坏的理由让他们充满正义感。大洞口常常有老长的铸铁盖子盖着，我们就在铁盖中间码上一溜砖头，当成乒乓球台，常常假装打来打去，大人就不在意了。小洞口没好办法，就在周围堆些乱石头，挖几个一尺深的陷阱，往里面大便小便，倒插些削尖的竹签子或放个大号老鼠夹子，弄得又乱又臭又凶险，一般人不敢靠近。

第六章
母蛤蟆的腰

　　刚刚占据防空洞的时候，我们四面勘查过。我们打乒乓球的洞口被我们称为"大黑洞"，就在楼群一角，周围两棵大槐树，白天很少见光，到晚上更黑。我们几个费力地搬开铸铁盖子，露出水泥台阶，台阶下面是黑黑的洞口，我们的勘查从"大黑洞"开始。刘京伟一手打着虎头牌手电，一手拿了一个塑料指南针，走在最前面。他斜挎一个地质包，帆布的，经磨防水，包的侧面还有两个挂地质锤的襻儿，上面挂了一个一头尖一头平的地质锤，包里面八节手电备用电池。刘京伟的大哥是学地质的，这些行头都是他大哥给刘京伟配备的。十几年后，刘京伟在北京美洲俱乐部事事儿地请我喝下午茶，给我看他恒温保湿的私人雪茄屉里粗细长短不等的Cohiba。他把粗大的Cohiba在鼻孔下蹭来蹭去，从来不修剪的鼻毛不自主地轻拂Cohiba的身体。刘京伟的眼神游离于Cohiba和他的鼻毛之外，他飘忽地看着窗外，窗外是污染笼罩下的不可见。刘京伟轻柔而漫长地叹了口气，徐徐告诉我，他第一次感觉人生美好、自己牛×，就是我们勘查防空洞、他一身职业装备走在最前面的时候。

当时我们决定，以"大黑洞"为中心，向东南西北四个方向各探一千步，先选一个方向，遇上弯路，就在下一个弯路，按指南针的指示，继续往那个选定的方向扳。往北一千步，就到副食店了，副食店里有小包的酸枣面，四分钱，怪味豆，五分钱，如果防空洞直通副食店，每天晚上酸枣面、怪味豆就可以敞开吃了。往西一千步，就到我们的中学了，如果防空洞直通操场，逃课就方便了。往南一千步，是团结湖公园，不敢多探了，怕拉开一扇门，湖水就倒灌进来。往东一千步，是个小工厂，再走，就是农村了，那里的孩子人人有一把镰刀，日子过得苦，所以不珍惜现世，打架往死里打。当时我们想，如果这方圆千步之内，地底下都归我们，已经足够牛×了。刘京伟的手电一明一暗，我们深一脚浅一脚地走，防空洞里很干燥，地上厚厚的浮尘，踩上去吱吱响，盖住脚面。我眼神好，黑灯瞎火也能看见十几步之外，我走在队伍后面，负责保持队形和记录步数。老流氓孔建国走在我旁边，皮笑肉不笑的，也不出声，跟着队伍走。只有在一个叫张国栋的嫌刘京伟的手电不够亮、划着一根大火柴的时候，老流氓孔建国才蹿了过去，一口吹灭火柴，厉声说道："小命不要了？这里面炸起来，管杀又管埋。"后来不久，西城传来消息，五个半大小子在防空洞里抽烟点野火，捅鼓着了洞里藏的炸药，死了四个，一个炸飞了一条腿，拼命爬出来，捡了一条命。从那之后，西城所有显眼的防空洞口都用铁板焊死了。后来很久，我很偶然地发现，老流氓孔建国早我们很久很久就对这些防空洞很熟很熟了，现在想起来，他皮笑肉不笑的表情，简直像个导游。这些防空洞里发生过的事情、隐藏的秘密，也远远超出我当时最夸张的想象。

　　勘查的结果不太理想，通向副食店方向，走了约莫五百步，就遇到一堵墙，一定是副食店的员工为了保卫酸枣面和怪味豆，从另一面把防空洞封死了。往西倒是通到了学校，几间挺大的屋子，里面堆满了破烂的桌椅板凳，一面墙上还有黑板。我的美好想象破灭了，本来以为，打起仗来，就像放暑假一样，甚至比暑假还美，连暑假作业都没有。但是眼前的这几间防空洞，一定是战时的教室，我们还要上课，准备战时的高考。听说，西山那边的防空洞挖的规模更大，好几个山都挖空了，山上都不长树。战时的大学一定都设在那里面。往南索性没路，往东到了那个小工厂，防空洞的出口是工厂的废料堆，这是我们发现的最有价值的东西。之后好长一段时间，我们零敲碎打，拿到废品收购站卖废铜烂铁，作为我们的烟钱和去小饭馆的饭资。我们走在地洞里，心底里没有一丝负罪感，我们在废物利用，国家不用，我们来用。后来传出消息，这家工厂要被美国人买走，我们更有理了，与其便宜资本家，不如满足社会主义少年的自然生理需要，张国栋找了辆板车，我们连夜把所有铜和铁都拉走了。

防空洞里也没有多少发现，几个吃剩的洋铁皮罐头盒子，几本烂杂志。在距离"大黑洞"口挺近的一个拐弯，刘京伟踩到一小堆浅黄的胶皮，像是撒了气的气球，又像没有手掌部分的橡胶手套。那是我第一次看见避孕套，给我恶心坏了。就像吐痰不恶心，但是把过去两个星期吐的痰都攒在一口蒸锅里就恶心了。也许胡老太的腿法太厉害，怕被捉奸在床的狗男女跑到这儿来了。刘京伟大我们一岁，比我们有经验，号称老早就见过光屁股的女人照片，提出他自己的疑问："这儿，妈的也没床，又这么脏，怎么练呀？"

老流氓孔建国在后面悠悠地说："除了人，没其他活物是面对面、躺着干的。"当时，我糊里八涂的，后来看多了中央电视台赵忠祥解说的《动物世界》，才渐渐明白，都是公蛤蟆从后面抱住母蛤蟆的腰，公野马从后面抱住母野马的腰，不需要床，只需要一个给母蛤蟆、母野马搭个手的地方。在勘查好久之后，在一个靠近某军队大院的防空洞分岔口，我们发现了一批粮食储备，堆成小山似的压缩饼干，比石头还硬。之后，不少十几岁的孩子和爹妈打架，离家出走，都聚到这儿来。拿个水壶，带点水进来，就有吃有喝有地方睡，比火车站或是长途汽车站清静。不怕刮风下雨，大小便不用辨认男女厕所，省心省事。

第七章
耶稣与孔丘

那个时候，不阳光的东西都被消灭了，所以阳光明亮得刺眼。老流氓孔建国是所有不阳光的东西的化身。老流氓孔建国是香烟、毒品、酒精、颓废歌星、靡靡之音、西部片、三级片、下流小说、小黄画片、巫术、邪教、帮会、格调、时尚、禁止在报纸上宣传的真理、老师不教给我们的智慧、孔雀开屏之后的屁股、月亮的暗面。我们从老流氓孔建国那里学习知识，懂得了女厕所、女浴室有不同的爬法。驴的阳具酱好了，切成薄片，圆而有孔，叫驴钱肉。我们对老流氓孔建国盲目崇拜。刘京伟、张国栋从家里偷出粮票，我从家里偷出肉票，那时候粮票、肉票都能换烟抽，我们努力不让老流氓孔建国抽九分钱一包的"金鱼"，我们努力让老流氓孔建国抽两毛三一包的"大前门"。事后想来，如果时候对，如果老流氓孔建国会些医术，被当权部门用钉子钉死在木板上，过几百年就是另一个耶稣。如果老流氓孔建国会说很多事儿逼的话，被刘京伟、张国栋和我记录下来整理出版，过几千年就是另一个孔丘。

老流氓孔建国后来告诉我，他知道自己的确已经很老了，但是他总是很得意地认为自己是近百年来，方圆十里最老的流氓，就像他总是坚信朱裳的妈妈是近百年来，方圆十里最美的女人。流氓是种爱好或是生活方式，仿佛写诗或是画水粉画，只要心不老，流氓总是可以当的。即使老到连调戏妇女的兴趣都没了，还可以担负起教育下一代的责任。花好月圆的晚上，在防空洞，在老流氓孔建国的周围，总能看到一堆眼珠乱转、鼻涕老长的野小子。老流氓孔建国更加鄙视那些鄙视他的胡大妈，那些人都是庸人。他说，如果时候对，围着他的这堆野小子里就会出刘邦，就会出朱元璋。

老流氓孔建国说我是那堆野小子里眼珠转得最快的一个。我的眼睛黑白分明，眼珠灵动如珠，鼻涕快流进嘴角的时候总能及时地吸进鼻孔，爽洁利落。我让老流氓孔建国高兴，因为我能迅速领会每一种精致的低级趣味，别的野小子还在做思想斗争的时候，我已经笑得很淫荡了。老流氓孔建国说我也让他头痛，因为我记性太好，老流氓孔建国不得不绞尽智慧回忆起或创造出新的趣事。这件事随着老流氓孔建国记忆力和创造力的减退以及我的不断成长而变得越发艰难。根据老流氓孔建国回忆，当老流氓孔建国有一天不得不怯生生地开始重复一个黄故事的时候，他在我的眼珠滚动里看到了一种他不能鄙视的鄙视。从那天起，我再也没有回过防空洞课堂。

　　我对老流氓孔建国的赞誉并不以为然。老流氓孔建国向来是以提携后进为己任的。他私下和刘京伟或张国栋交心，也会同样地夸他们是那堆野小子里眼珠转得最快的一个。我和老流氓孔建国讨论，我说刘京伟眼里有光，下身总是硬硬的，元气充盈，将来一定了不起。他骨子里的贪婪常常体现在小事情上，一根冰棒，他会一口吞到根部，再慢慢从根部嘬到尖尖儿，第一口就定下基调：从根到尖，涂满他的哈喇子，全部都是他的。老流氓孔建国却说他神锋太俊，知进不知退，兴也速，败也速，弄不好，还有大祸，充其量也就是一个军阀的坏子。我听了糊里糊涂的。老流氓孔建国又说，我也很贪婪，眼里也有光，但是我的眼底有很重的忧郁。我更糊涂了，知道不是什么好话，就嚷嚷："你丫别扯淡了，我平面几何考试怎么及格还不知道呢。你再胡说，我到胡大妈那儿告你企图性骚扰。"

　　十五年后，老流氓孔建国关于刘京伟的话应验了。刘京伟已经是一家集团的董事长，下面两家上市公司，一大堆子公司和孙子公司。刘京伟最后死在他自己一家五星级酒店顶层的总统套房。服务员早上打扫房间，发现刘京伟漂在巨大的浴缸里，身上满是半寸长伤口，像是被仔细去了鳞的鱼。浴缸里全是血水，血水上漂了厚厚一层血红的玫瑰花瓣。消息传出来，说是情杀。刘京伟的相好因情生怨，怨极成恨，在浴缸里捅了刘京伟六十四刀，在血水上铺了九百九十九朵玫瑰碎出的花瓣，然后自己如落花般从窗口坠落，落在地面上，一米七八，一头长发。

这是我在那几年听到的最扯淡的事情。如果说浴缸里漂的是菜花花瓣或是金花叶子，我可能还信个一二。无论老流氓孔建国怎么教育，刘京伟对女人和玫瑰的认识一直停留在二至四岁的肛门期，要求很简单：能不能让他感觉牛×。所以他带出来的女人，一定是一米七八，一头长发，大奶窄腰，36-24-36，见人必上艳妆，男人看一眼会想办法以别人不察觉的方式再看好几眼。总之，一看就知道，包起来很贵的那种。我问过刘京伟，个子这么大，床上好吗，我喜欢那种腰肢柔软，能劈横叉竖叉，抬腿踢到面门的。刘京伟说，像木头。然后问我，说真的，有什么区别吗？什么女人都没有打手枪好，又干净又好。

喝刘京伟丧酒的时候，公检法的都来了，他的一帮小兄弟也都来了，小兄弟们的深色西装都穿得有款有型，鼻毛也剃了，挽联里还有"不信美人终薄命，谁教英雄定早夭"。我心里在想，时代是不同了，黑帮都变得香艳起来了，现在再号称是老流氓，难道必须熟读《离骚》和《花间词》了不成？

第八章
女特务

我对老流氓孔建国的个人崇拜在初三生理卫生课之后达到顶峰。

我身体的发育仿佛是在瞬间完成的，至少对身体发育的发现是在瞬间完成的，好像一觉儿醒来，柳树全都绿了，榆叶梅全都红了，姑娘们的屁股全都圆了，我愤怒了，我他妈的开始遗精了。

那天晚上，我和刘京伟、张国栋一伙溜进朝阳剧场，没头没尾地看了一部反特电影。电影里一个女特务没头没尾地出现，烫了一脑袋卷花头，上了厚厚的头油，结在一起像是铺马路的沥青。女特务到伪党部上班的时候穿一身掐了腰的国民党鸡屎绿军装，去舞场的时候穿一件一气儿开到胳肢窝的红旗袍，总涂着鲜艳夺目的口红，时不常地亮出一把小手枪，不紧不慢地说："共军已经渡过长江。"看的时候，我觉得她特土，充分理解为什么干部能够躲过美人计。但是当晚就梦见了。梦里，她的手枪不见了，但是还是不紧不慢地说："共军已经渡过长江。"一遍又一遍。我说，你贫不贫呀？共军渡过长江又怎么了？还不快跑？她亮出一个浅黄的避孕套，像是撒了气的气球，又像没有手掌部分的橡胶手套，她还是不紧不慢地说："天津乳胶二厂生产的。"忽然，大车、二车一左一右出现在女特务旁边，脚脖子上戴金镯子，头发散下来，一清二楚的头发分际，分际处青青白白的头皮，分际两边油光水滑的头发，发出奇怪的闹心的味道。大车不紧不慢地说："小孩，你是不是叫秋水？你是不是就住在白家庄？你腰里是不是藏了鸡毛信？"

"阿姨我还小。"我连忙辩解。大车、二车的小白兔白又白，我的两只耳朵竖起来。

"×××在你这个年纪已经被我们用铡刀杀掉了。"

"阿姨我怕怕。"我带着哭腔说道。大车、二车的手伸进我的腰里，我全身无力，一动也不能动。她们的手油光水滑，在我下身一松一紧地上下翻转，手指是软的，指甲是硬的，一寸一顿，不慌不忙，仿佛两个盲人用手在读鸡毛信上的盲文诗句。"我们是朱裳妈妈派来的。"她们一边搓弄，一边说道。

"抓女流氓啊——啊——啊！"我高声喊叫，下身不自主地一阵抽动，人醒了，通体冰凉，我忽然意识到，时隔十几年，我好像又开始尿床了。

以后这种情况发生过多次，全在梦里，梦里所有的女特务、女妖精、女魔头都号称是朱裳的妈妈派来的，都说我的腰里藏着鸡毛信，不容分说，脱了就摸。这件事让我莫名地恐惧。不是怕老妈发现，毕竟不是尿床，规模不大。我有自己的房间，又背着老妈，用老爸给我买《十万个为什么》和《动脑筋爷爷》的钱，买了几条备用内裤。事后就洗，及时更换，爸妈发现不了。我的恐惧在于这件事情毫无道理。这种毫无道理表现在以下两方面：

第一，毫无由来。我尿尿是因为我喝了很多水，我出汗是因为我绕着操场疯跑了好几圈，我流血是因为刀子捅进来了，但是我遗精是因为什么呢？如果什么都不因为，无中生有，就更可怕了。楼下老头子们讲，梦里的都是妖魔鬼怪，吸走的都是真阳。真阳没了，眼珠子也就不转了，鼻涕快流进嘴角的时候也不能及时地吸进鼻孔了。

第二，毫无控制。要尿尿，我可以憋着直到找到厕所。不想出汗，我可以假装病号不去跑圈。我一个鹞子转身，躲过刀尖，血就不会从身体里流出来。但是，遗精这件事，我毫无控制。天一黑，大车、二车这两个女流氓和那个国民党女特务，说钻进我的被窝就能毫不费力地钻进我的被窝，说要检查我的鸡毛信就把手伸进我的裤裆搓弄。还是大人有经验，我必须躲着大车、二车走，但是在我的梦里，她们的法力无边，我无处躲闪。

初三上了生理卫生课，讲生殖系统的时候，讲课的老师是从区里派来的，也姓胡，一看长相就知道是胡大妈的亲戚，同样奶大垂膝。男女分开讲课，全年级的女生统一到大礼堂，全年级的男生统一到大操场。我上学第一次感觉，女生和我们男生是一伙的。我们这是要被分头审讯，口供对不上，一律过不了关。我隐约感到，学校要我们男生交代遗精的情况，不知道要她们女生交代些什么。我一边紧张，害怕这个胡大妈的亲戚知道大车、二车检查我鸡毛信的事情，一边又盼着这个胡大妈的亲戚能告诉我这到底是怎么回事儿以及对付大车、二车的办法。可是真到讲的时候，胡大妈的亲戚好像比我们还害羞，半低下头，眼睛不正视我们，小脸绯红，什么也没说清楚。只说，如果梦里尿床，但是尿出来的不是尿，不要害怕，这是很正常的现象。但是不能放任这种现象持续，这种现象是资本主义的、旧社会的、封建的，这种现象持续的时间越久、频率越高，中资本主义、旧社会、封建主义的毒就越深，深到一定程度，打针吃药喝酸奶都不管用了。解决的办法有很多，但是都不一定有特效，比如睡觉前半个小时不看电视、不看手抄本和其他黄书，比如睡觉前喝一杯牛奶（家里条件不好的喝一碗面汤也行），比如睡觉前跑一千米然后冲凉水澡等等没屁眼的招数。胡大妈的亲戚最后说，如果这些办法都不管用，就找班主任谈一谈，班主任除了告知家长、向校长和区里汇报记录并上报市教育局，对其他任何人都不会说。

我的恐惧更深了。我不知道睡觉前该怎么办，大车、二车驶进楼里的时候，我不再放下手里的作业本跑到阳台观看。我看见圆形的物体，就想起乳房。我看见棍状的物体，就想起我的阳具。每次大车、二车检查完我的鸡毛信，我躺在床上，仰望天花板，感觉我的鸡毛信湿漉漉晶晶亮透心凉，我想，我距离死亡又近了一步。精液比尿浓，甚至比血浓，流失多了又控制不住，绝对不是好事情。

我不敢睡觉，我在想解决办法。一个比较简单的办法是干掉大车、二车。但是这个办法挺危险，我不见得干得掉她俩，干掉了也难免被片儿警和胡大妈发现。即使不被发现，也难保朱裳妈妈不会派其他的女流氓过来，再说电影里的女特务总在，总干不掉。

我睡不着，搭了件衣服出来。月亮很暗，极弯极细的半环，仔细辨认，分辨得出被遮住的那部分黑黑的大半个圆。一只野猫，眼睛亮亮地瞪了我一眼，消失在黑暗中。楼群一角的大槐树在月光下，黑乎乎的，半拉像人半拉像鬼。我正想去防空洞里找支烟抽，扭头看见老流氓孔建国的小屋还亮着灯，就走了过去。

小屋的门接着老流氓孔建国哥哥嫂子的房间，从外面无法进去。小屋有一个窗户冲外，透出里面亮的灯光。我走到窗户下面，本来想喊老流氓孔建国的名字，把他叫出来，一起去"大黑洞"抽烟，但是仿佛听见屋子里面有轻微的响动，没喊出声。关于老流氓孔建国的个人生活有各种传说。张国栋说老流氓孔建国和白雪公主一样，能够一觉儿睡七人，金枪不倒。他还说，根据定义，流氓首先是和妇女联系在一起，否则不能叫流氓。打架再凶也不能授予流氓的称号，只能叫地痞。张国栋从小近视，戴个眼镜，严肃起来，论证严谨，有说服力。但是张国栋也不知道老流氓孔建国的婆子是谁。

好奇心上来，我胡乱找来几块砖头，摞在小屋窗户的下面。我站上砖头堆，手扒着窗台，一手的灰土，晃晃悠悠，慢慢直起腰。

屋里只有老流氓孔建国一个人，他斜躺在床上，上身穿了个白色跨栏背心，背心上四个红字"青年标兵"，下身赤裸，露出他的鸡毛信。他一手拿了一本花花绿绿的杂志，一手抓着他的鸡毛信。眼睛一边盯着那本杂志，手一边不停搓动。他越搓越快，"啊——啊——啊"地哼唧了几声，鸡毛信不自主地一阵抽动。

我转身要跑，屋里传出老流氓孔建国的声音："秋水，你站那儿别动，等我出去。"

老流氓孔建国晃荡出来，手里拿着那本花花绿绿的杂志。我瞟了一眼，肉晃晃的满是光了屁股的国民党女特务。老流氓孔建国把杂志塞在我手里，说道："尿满则流，精满则溢，尿满了上厕所，精满了打手枪，再自然不过的事情，不要大惊小怪，没有教养的样子。"

　　我再也没有梦见过大车、二车，朱裳的妈妈也没再派其他什么女流氓钻进我的被窝，黑夜不存在，天总是蓝蓝的。

第九章
李自成和貂蝉

老流氓孔建国说朱裳的妈妈就是他的绝代尤物，他愿意为她赴汤蹈火。

他说这话的时候，眼望虚空，我已经见过朱裳的妈妈和朱裳，我没觉得老流氓孔建国事儿逼。我给老流氓孔建国点了一根大前门，岔开话题，和他讨论起昨晚在水碓子打的那场群架。

我从老流氓孔建国那里听到有关朱裳妈妈的种种。这些种种往往真伪参半，前后矛盾。

在我印象里，所有大人对于他们少年时代的描述都是如此变幻莫测，在这点上老流氓孔建国也不能免俗。他们少年时代的故乡有时候是北风如刀，残阳如血，黄沙满天，白骨遍野，吃不上喝不上，地主乡绅不是天生歪一个嘴，就是后天瞎一只眼，像海盗一样用一块黑布包着，而且无一不是欺男霸女，无恶不作。但是有时候却是杂花生树，群莺乱飞，绿水绕户，青苔侵阶，有鱼有肉有甜点，地主乡绅仿佛邻家大哥，多少有个照应，即使村里的标致姑娘嫁到外村的时候也会唏嘘不已。无论是哪种情况，大人的角色都是统一而恒定的。那时候，他们都还小。他们统一地胸怀大志，抱负缥缈，他们志趣高尚，一心向学，他们习惯良好，睡觉前半个小时不看电视、不看手抄本和其他黄书，喝一杯牛奶（家里条件不好的喝一碗面汤），跑一千米然后冲凉水澡。他们不偷着抽烟，他们不梦见女特务或是邻村寡妇，他们不遗精，不手淫，他们的精液和卵子烂在自己的肚子里。无论他们现在怎样，他们的过去都是我们现在的榜样。他们说起他们过去的故事，我总是将信将疑。

老流氓孔建国说朱裳妈妈生在陕西米脂，英雄李自成生在那个地方，玩弄英雄于两股之间的貂蝉也生在那个地方。我没去过那个地方，如果朱裳生在那个地方，我没准会去一趟，看看什么样的地方才能长出那样一个姑娘。

老流氓孔建国说他去过。那个地方终日黄沙漫天，出门一趟，回到屋子里，洗完手还要洗鼻孔。无论男女，鼻毛必须留得老长，否则黄沙入肺，得肺气肿，像今天的北京一样。地瘦得要命，天公不作美的时候，什么庄稼也不长，只长大盗和美女。那个地方水缺得要命，为了一口水井，动辄拼掉十几口人命，但是长出来的姑娘却从里到外透着水灵，肌肤光洁润滑，如羊脂美玉，男人摸过去，滑腻留手，沾上就难放。男人们私下里抱怨都是姑娘吸干了天地间的水汽，如果在村子里待长了，不仅水没的喝，自己的水也会被这些姑娘吸干的。没有法子，男人只有自己出门找水喝，怕人家不乐意给，随身带上了刀。

朱裳妈妈出生之前，三个月没见到一星雨，从地上到树干上到人的嘴唇上全是裂开的口子。出生的时候费了老大的力气才凑够了一盆接生用的开水。孩子生下来，没哭，大家听到的是一声撕心裂肺的雷声，之后的暴雨下了三天三夜。

朱裳妈妈四岁时死了爹，十四岁时死了娘，娘死前对她说："娘知道你饿不死，只是别太对不起良心，善用自己的脸蛋。"还告诉她，她有一个远房的堂哥在北京做工，可以去找找他。第一句，朱裳妈妈太小，听不太懂，但是第二句里有时间地点人物，她还是明白的。她随便收拾了个布包袱，把家托付给邻居的一个精壮男孩，说去几天就回来，门也没锁就走了。后来这个精壮男孩为朱裳妈妈看了二十年的门，三十五岁上在锣鼓声中娶了邻村的一个傻呵呵的漂亮姑娘，破了童男之身。

朱裳妈妈的堂哥有五个饿狼转世的儿子，为了一日三餐心甘情愿承受父亲的殴打与谩骂。堂哥还有一个抹布一样的老婆，她常唠叨她曾是一枝鲜花，不是牡丹花也是芍药花，反正是那种美丽鲜艳健康阳光的。全是因为这些个恶狼一样的儿子，才变成现在的样子。这时候堂哥常常会跳出来证明，即使他老婆曾经漂亮过，这些年也被她随着大便拉掉了。堂哥的老婆便秘，每天要蹲进胡同深处的公用厕所和共同出恭的大妈大婶聊一个钟头的闲天，那是她一天当中的最高潮。胡同的公用厕所男女隔光不隔音，堂哥自己上厕所的时候，常常听见他老婆爽朗的笑声。

朱裳妈妈到来的第一天，堂哥做了猪肉炖粉条，饭桌上他五个儿子看她的眼睛让她感觉，他们希望她也同猪肉一样和粉条一起被炖掉，这样可以多出几块肉，还可以少掉一张吃肉的嘴。以后吃饭的时候，她总是被这种眼神叮着，不吃饭的时候，堂哥老婆的注视让她感觉在被抹布轻轻地抹着。有时候堂哥会找话和她聊上几句，堂哥正在洗菜的老婆便把水龙头拧到震耳欲聋，然后胸襟旷达、悠然自得地接受堂哥的一顿谩骂。

朱裳妈妈的侄子们几乎和朱裳妈妈一般年纪，他们把事物分为两种：能吃的和不能吃的。能吃的就吃掉，他们生吃芹菜、茄子、土豆、鱼头、肥肉。他们把偷来的自行车轮胎剪成碎片，熬成猪血色的胶，涂在长长的竹竿端头去抓知了。抓来的知了被去了头、腿、翅膀和肚子。剩胸口一段瘦肉，在饼铛里煎了，蘸些酱油和盐末儿，嚼嚼吞进肚子。朱裳妈妈从来没在堂哥家听见过蝉声。不能吃的，他们就杀死它。他们花两分钱在百货店买五粒糖豆，一人一颗，仔细在嘴里含吮，待糖豆完全化掉，他们省下最后一口唾沫啐到蚂蚁洞口，用从垃圾堆里捡来的半副老花镜引聚阳光，烫死任何一只敢来尝他们唾沫的蚂蚁。

朱裳妈妈不能吃，也不能杀死，侄子们的年纪还小，上嘴唇的胡子还没硬，看着朱裳妈妈的脸和身子，心也不会像他们父亲的一样不由自主地跳起来。所以他们虐待她。他们不敢让她的身上带伤，他们的爸爸发现了，会加倍处罚他们。他们不怕她告状，因为她从不。于是他们运用想象，让朱裳妈妈在外人看不出的状态下忍受痛苦。

有一天朱裳的妈妈忽然明白，她只有一个选择，或逃或死，被侄子们搞死或是被堂哥的老婆毒死。终于在一个下午，天上是暮春的太阳，后面是挥舞着木棒兴高采烈的侄子们，木棒上绑着棉花和破布，朱裳妈妈跑出院门。

胡同口有几个半大的男孩或趴在单车的车把上，或靠在单车的座子上聊闲天，说东四十条昨晚一场血战，著名的混混"赖子"被两个名不见经传的新锐用木把铁头的手榴弹敲出了脑浆子。说刚从街口过去的那个女的屁股和奶子大得下流，应该由他们以"破封资修"的理由把她斗一斗。朱裳妈妈留意过这伙人，其中胳膊最粗的那个鼻梁很挺，眼窝很深，偶然能看见眼睛里有一种鹰鹫般的凶狠凌厉。天气还不是很热，但是他们都单穿一件或新或旧的军上衣，把袖口挽到胳膊，只扣最下面的一两个扣子，风吹过，衣襟摇摆，露出肮脏的肚脐和开始发育、日渐饱满的胸大肌。

朱裳妈妈跑出胡同口，斑驳的墙皮上画着巨大的红太阳和天安门，以及粉笔写的"李明是傻逼，他妈是破鞋"之类。她觉得阳光耀眼，开残了的榆叶梅和正开的木槿混合起来发出一股莫名其妙的味道。天上两三朵很闲的云很慢地变换各自的形态，胡同口两三个老头薄棉袄还没去身，坐在马扎上，泡在太阳里，看闲云变换。

朱裳妈妈径直扑进胳膊最粗、胸肌最饱满、眼神凶狠凌厉的那个男孩怀里，声音平和坚定："带我走吧。"从那儿后，朱裳妈妈芳名远扬。

第十章
保温瓶和啤酒

我看着老流氓孔建国渐渐显见的肚腩，我反复问过老流氓孔建国，胳膊最粗、胸肌最饱满、眼神凶狠凌厉的那个男孩是不是他。他说，少问，听着就好了，问什么问。看他那德行，好像至今还和朱裳妈妈有些瓜葛似的。其实我更想听那个胳膊最粗、胸肌最饱满、眼神凶狠凌厉的男性好汉的故事，朱裳妈妈只是落在好汉怀里的一朵鲜花，我更想听大树的故事，想成为好汉。老流氓孔建国脸上有皱纹和刀疤，像穿了很久的皮夹克。他的眼里有光，像个水晶球，我想从中看见我的未来：我能不能成为好汉？成为好汉之后，有没有朱裳妈妈径直扑进我怀里？如果有，我应该在哪年哪月哪一天在哪个胡同口候着？朱裳妈妈扑过来，我该用什么姿势抱她？我低头是不是可以看见她的头皮，闻到她的味道，手顺着她的头发滑下去，然后我该怎么办呢？但是老流氓孔建国从来不和我讲这些。

老流氓孔建国不是说故事的好手，关于朱裳妈妈的种种不是老流氓孔建国一次完整讲出来的。这个题目他讲过很多次，每次讲一点，好些叙述自相矛盾。周围的孩子太多，他不讲（特别是刘京伟在的时候，他从不讲）。没烟，他不讲。啤酒没喝高兴，他不讲。

当时很少有瓶装或是罐装啤酒，像买白酒一样，我们拎着保温瓶到邮局对面一个叫"为民"的国营餐厅去打。

那个国营餐厅只在每天下午三点供应一次啤酒，啤酒很快卖完，周末不上班，没有供应。虽然看不到里面如何操作，但是我想他们一天只从啤酒厂拉来一大罐啤酒，卖没了就没了。现在回想起来，当时的啤酒可真差。一点泡沫也没有，味道淡出个鸟来，张国栋天生肾衰，尿出来的尿都比那时的啤酒泡沫还多，颜色还黄，味道还大。但是那毕竟是啤酒呀，毕竟比水泡沫多，比水黄，比水有酒味。喝起来，感觉像《水浒》里面的好汉，大碗喝酒，大块吃肉，吃饱喝足之后大秤分金，分从山下大麻袋装回来的大奶姑娘。我想，《水浒》那时候的酒和我们国营餐厅供应的啤酒差不太多。那些好汉，十八碗下肚，走路不晃，还能施展旋风腿，摸孙二娘的屁股，没什么了不起的。

因为供应有限，负责卖酒的黑胖子感觉自己是酒神。他手里掌握了方圆十里地方百姓的快乐，得意非常。

每天三点钟，他睡足了午觉儿，拧开水龙头冲个脸，听着卖酒的窗口人声嘈杂。他总要多待十分钟，才爱搭不理地拨开遮挡窗口的三合板，面对等他好久的买酒人群。我站在队伍的最前面，三合板一打开，迎面升起黑胖子奇大无比的猪头，我看见他鼻孔里梅枝横斜的粗壮鼻毛，我闻见他鼻孔里喷出的宿酒臭味。这个混蛋，一定是在午睡前偷酒喝了！黑胖子瞥见我和我后面排队的刘京伟、张国栋，以及我们三个左右手拎着的特大号保温瓶，吼道："又是你们。酒钱！"我看见他的鼻毛一翘一翘地抖动，最长的一根长长地弯出鼻孔，上面粘了一个圆硬的鼻屎球。

黑胖子是从炮兵部队转业的，据说练过军体拳，三四个混混近不了身。我不信。夏天的时候，黑胖子坐在板凳上在楼下乘凉，他老婆骂他最没用，他大气不出，低眉顺眼，一身肉懈懈地摊垂着，蒲扇死命地摇。我们当时也不知道黑胖子为什么没用，但是看见周一到周六每天三点神气活现的黑胖子，软塌塌的一团，心里忍不住开心。

第十一章

阉了司马迁

朱裳妈妈芳名远扬的方圆十里就是东单、南小街、朝外大街这几条胡同。

京城自从被二环、三环路圈住，就开始在环路外大兴土木。就连远郊区县都忙着在粪坑边上盖起两三层的社会主义新农民住宅，卖给外国人当水景花园别墅。京城只在二环路里还剩下这么几处平房。后海一处，是名人聚居的地方，多的是完整的四合院，一进两进三进，天棚下有鱼缸、肥狗、石榴树、葡萄架，以及奶香浓郁、乳沟幽深的胖丫头，名人们闲下来细数从叶子间漏下的阳光。还有银锭桥可以观山，烤肉季可以醉二锅头，什刹海的荷香月色可以麻痹品味不俗的姑娘。至于东单、朝内这边，多的是大杂院，间或也有几处名人旧居，但多是名人也是草民、兜里的钱将够睡土炕的时候，他们那时的旧居和民居没什么两样。

大杂院里，各种各样用途不一的棚子被人们巧夺天工地设计建造出来，留下一条侧身能过的通道延向各家门户，就像周围长满藤蔓和野兽眼睛的林间小径，在保持基本形态中生长变化，所有的建筑都年代久远而且具有生命。大家早上起来端着糯黄满盈的尿盆在通道上谦让，"您先过，您先请"，然后到路边的小馆里吃京东肉饼或是卤煮火烧。十几年后，东直门内簋街、三里屯酒吧街，都是通过这种机制，在民间有机生长出来的。所以那里出产的流氓简洁明快，脑浆子汗一样顺着脸颊流下来，还能不怀好意地笑。女混混也从不涂抹浅嗔薄怒之类的零碎，骂街的时候阴损歹毒，泣鬼惊神，一句"瞧你丫那操行"，字正腔圆，显示幼功精湛、身出名门。

老流氓孔建国一保温瓶的啤酒下肚，嘴里的莲花绽放。他说朝阳门内外过去有九龙一凤，朱裳妈妈就是那一凤。二十年前，这方圆十里，一半的架是因为朱裳妈妈打的。大闺女小媳妇就着她的逸事嗑瓜子，泡酒馆的粗汉想着她的脸蛋往肚子里灌酒。大流氓口上喊着她的名字信誓旦旦，小喽啰们念着她的身子手抓着小鸡鸡钻进脏兮兮的被窝。

最后娶到她的是个小白脸。戴黑边眼镜，面白微有须，穷，有才，能写会画，负责单位的宣传稿和黑板报，上台表演自编的山东快书，表情儒雅，小腰婀娜，小脸绯红。自古以来就是这种男人最讨女人欢心，所以汉武帝要阉了司马迁，我特别赞成。

一天，阳光正好，朱裳妈妈在街上晃。她左手理了一下滑下耳朵的发梢，乌黑的发梢在阳光里变得金黄脆亮，垂在胸前的头发清细润滑，像帘子一样，透过去，看见她的军绿衣裳和衣裳下面的胸口。她右手夹起一支中华烟，老流氓孔建国正要点火，朱裳将来的爸爸推了他一把，且劈手夺下朱裳娘叼在嘴里的香烟。老流氓孔建国当时就折了朱裳他爸爸三根肋骨，可朱裳爸爸还是耐心地等朱裳妈妈讲以后决不碰烟，才放心地昏死过去。朱裳爸爸在病房里吃了多次莲藕炖猪排，无聊中望着窗外的闲云变幻想起《圣经》上说过，夏娃是亚当的骨头做成的，女人是男人的骨中骨、肉中肉，不知被吃下肚子的猪排是公猪还是母猪的，自己断的肋骨和炖莲藕排骨的朱裳妈妈之间或许有某种他也想不清楚的神秘联系，仿佛少年时读李商隐的《无题》，文字表达出的混乱情感闪过千年万里的时空隔阂让青年时代的他精神恍惚若失，阳具强直如矢。阳光洒下来，朱裳妈妈斜坐在床头，眼睛清亮淡荡，头发油光水滑，像朱裳爸爸读过的所有关于女人的美好文字，他的阳具比阳光还炙热，烧穿了他的裤头和医院的被单。再后来的事情就是，至少两个当事人都这样认为，一枪中的，在病床上怀了朱裳。

大流氓们毕竟有大流氓们的气概，他们像嫁妹妹一样嫁朱裳妈妈，表现得大气、团结，很男人。喜宴体面热闹，八辆黑色的迎亲红旗，车号都是连着的，两口大锅炖肉，开了十桌，香飘三里。友谊商店特批的青岛啤酒，管够。片儿警也开着警车来凑了份子，集体送了一床带鸳鸯图案的缎子被面。片儿警们觉着将来断无血光之灾，只需指挥胡大妈之流抓奸抓赌抓无照卖鸡蛋的乡下人就好了。他们烧酒下肚，喜气上头，窃喜将来的清闲。方圆十里的人把这件事当成某种历史的转折点，仿佛从此街头巷尾将不再有凶杀色情的故事流转。

老流氓孔建国说当时他参加婚礼的黑西装还在，托人从香港带来的，全毛料的，应该是好牌子，袖口三个扣子，商标上没有一个中国字。婚礼后那身西装就没再用过，胡乱扔在小屋的床底下，积了好些土。

第十二章

《武经总要》

我站在操场的领操台上，向刘京伟和张国栋宣布，我的理想是做个采花大盗，我觉得自己格外伟大，面对眼前的方圆十里仿佛面对中世纪教廷统治下的蒙昧欧洲。

我说这话的时候，刘京伟和张国栋的心灵还没有老到可以理解我这种伟大，但他们知道采花就是惹女孩。但街面上的女孩又不当吃，又不当喝，且一点也不好惹，多数女孩都有一张狠毒的嘴和一颗恶毒的心。至于抱女人睡觉，他们不知道有什么用，被子够不够用，只是道听途说地听一些常服壮阳药的老炮谈起，说是很伤神损身。老流氓孔建国有张古画，据说是清初的，画了一只老虎，两颗虎牙，一个半裸美女，披头散发，两颗乳头，两只大腿，跨在老虎上面。画上工笔题诗：明里不见人头落，暗中叫你骨髓枯。刘京伟和张国栋认定，随着时间流逝，我即使不会精尽而亡，也会渐渐出落成为一个没有出息的笨人。

我说我觉得这里有个阴谋。本来，我、张国栋、刘京伟，和翠儿和朱裳从结构上没有什么区别，但长着长着就出现了不同，上厕所和澡堂都要分开，否则胡大妈和片儿警就要干预。我们和朱裳们之间的差别比我们和猫狗更大，猫狗可以和我们一起上男厕所，但是朱裳们不行。这个阴谋的另一个层次是，本来我们对朱裳们没有任何兴趣，但是长着长着就出现了兴趣，想和她们在一起。为什么牡丹花长成那个样子我们就觉得好看？为什么朱裳的脸红成那个样子我们就觉得可爱？为什么同样是好看，牡丹花的样子不会让我肿胀，但是朱裳的样子却让我肿胀？为什么同样是女孩，只有朱裳的样子让我肿胀得不能忍受？朱裳知道吗？丫知道了有用吗？她可能不是同谋，只是阴谋的一部分。

刘京伟说，你丫有病，只有你对朱裳肿胀，我对谁都肿胀，对大树都肿胀，前天白家庄中学那场架，你被板砖拍糊涂了吧。张国栋说，你丫有病，别"我们，我们"的，我听说像你这种人，市委决定都统一圈到安定医院去了。刘京伟又说，这下好了，反正你是精神病，不用负责任，以后打架下狠手最后一击、把人拍趴下的任务都归你执行。

我的眼睛顺着朱裳的头发油光水滑地捋过，身子就肿胀起来，精神恍惚若失，下体强直如矢。一个声音高叫着，就要炸了。我说，去你妈的，我有头发同样油光水滑的大车、二车，我有女特务，我有花花绿绿的杂志，肉晃晃的满是光屁股。我打手枪，我跑一千米，我冲凉水澡。但是有什么用呢？打完手枪十分钟后，我的想象顺着朱裳的头发油光水滑地捋过，身子就又肿胀起来，精神恍惚若失，下体强直如矢。另外，还有家庭作业要写：十道立体几何题和一篇作文。语文老师说，要写一个给自己留下了深刻印象的人，不许写老师、家长，以及没有见过面的对越自卫反击战的残疾英雄。

"有人在我们身体里放了定时炸弹，在某个时候定时启动，当遇见某个姑娘的时候爆炸。我们要搞清楚什么时候启动，遇见谁会爆炸，才能把小命保住。"我说。张国栋和刘京伟当时一起说，你丫真的有病。

张国栋当时的理想是成为一个科学家，自己能造啤酒、冰激凌和炸药。能造啤酒，就不用总到"为民餐厅"去排队，看黑胖子迎面升起的猪头和翘弯弯的鼻毛。能造炸药，如果谁欺负了我们，我们又打不过他，就放炸药在他家的墙根下，把他家的床炸飞，炸掉他的小鸡鸡。张国栋吹牛说他爷爷曾经是土匪，有如何造炸药的秘方，所用的原料在普通的化工原料商店都能买得到，"文革"的时候，他爷爷冒着性命危险藏在内裤里留下来的。但是我们对张国栋的话通常要打折扣，他和外边的混混总说他爸爸是总参负责的。其实他爸爸和我爸爸以及刘京伟的爸爸都是一个单位的，他爸爸是那个单位总务处三产办的头头。我们给张国栋逼急了，他眼睛湿润着嘴角哆嗦着从怀里掏出一本线装书，首页四个字

《武经总要》，果然有股强烈的屎尿臊味。张国栋说，你们看，三种火药配方，主料一样，不同的辅料，不同的效果，比如易燃易爆、放毒和制造烟雾："晋州硫黄十四两，窝黄七两，焰硝二斤半，麻茹一两，干漆一两，砒黄一两，定粉一两，竹茹一两，黄丹一两，黄腊半两，清油一分，桐油半两，松脂一十四两，浓油一分。"

刘京伟当时的理想是成为一个功夫大师，内宗张三丰，外师达摩。他说绳锯木断、水滴石穿，一个人关键是要有理想，循序渐进并且持之以恒。比如练轻功，从一尺深的坑往上跳，每天加一寸，一点也不难，三个月之后，就能飞檐走壁了。我怎么想怎么觉得有道理，现在仍然不明白他最后为什么没练成飞檐走壁，只是替我们班参加跳高比赛，腹越式过了一米八的高度，得了一张鸟屎黄的奖状。他抻筋压腿，几个月之后，居然横叉竖叉都能劈下去。张国栋不以为然，"柔韧性再好，你也不能够着自己的老二，没用"。刘京伟从废品收购站捡到一本万籁声编的《武术汇宗》，纸张破烂，年代久远，民国初年的，以为得到了武林秘籍。他说他要照着秘籍苦练铁砂掌，练成后，一高兴一掌拍碎卖啤酒的黑胖子的一对睾丸。一天，刘京伟说西山大觉寺的一个高僧要专门坐地铁跑到东边来看他练功，他看不见大师，大师却明镜似的看得见他，看他有没有慧根秀骨，刘京伟坚信他一身都是慧根秀骨。那天晚上，我们在老流氓孔建国的小屋里打拱猪，耳边传来刘京伟练功的吼声。我们楼后有一个水泥垒的乒乓球台和一个钢管焊的双杠，刘京伟一定是在对着水泥垒的乒乓球台和钢管双杠施展铁砂掌。他的吼声越来越凄厉，最后终于带着哭腔撞进小屋，双手酱紫，右手无力地垂着，和右手腕呈九十度角，我想是骨头断了。刘京伟哭道："我按练铁砂掌的药方洗手来着，应该金刚不坏呀，怎么会这样？大师一定要失望了。"送刘京伟去朝阳医院的路上，他给我看了贴身藏的秘籍药方："川乌一钱，草乌一钱，南星一钱，蛇床一钱，半夏一钱，百部一钱，花椒一两，狼毒一两，透骨草一两，藜芦一两，龙骨一两，海牙一两，地骨皮一两，紫花一两，地丁一两，青盐四两，硫黄一两，刘寄奴二两，用醋五中大碗，水五碗，约熬至七碗为度。"

我心里想，这两丫的没精神病才怪，还说我？

第十三章
红袖招

　　从东单、南小街、朝外大街那几条胡同搬出来，我们一家在这幢楼里分得同一单元的两套房子。父母姐姐住一套在二层的二室一厅，我自己得了一套在四层的独居。我妈我爸本来很不放心单给我一间，我据理力争说自己已经长大了，是好是坏就是这样了，已经谈不上变了。退一步说，把独居给姐姐其实更是凶险，姐姐虽然相貌平平，但越是这样的姑娘心里越容易春意盎然，做出引狼入室的事情，如果有一天肚子莫名其妙地大了，是一家人一辈子的恶心。我即使成长为一个混蛋，烧杀掳掠，搞大人家的肚子，最多也就是被人骂上门来。我妈想起她还存了两箱闪光雷，不怕武斗，想起我在想象中对付大车、二车的机智果敢，想来想去，也就做主答应了。

　　我站在阳台上，朝南板楼，南北通透，阳光耀眼，一斜眼就可以望见隔壁单元五层的朱裳家。天气晴好的日子里，可以看见她家晾出的衣裳。我分不清哪一条内裤是朱裳的，哪一条是她妈妈的，几乎是一样的大小，一样的纯棉质地，一样的白地粉花，风起的时候，会一样轻轻地摇摆。我想起青青的酒旗，想起书上念过的一句艳艳的词："骑马倚斜桥，满楼红袖招。"我想改天再去东四的中国书店淘淘旧书，看看旧书里有没有提到过去的青楼，那时青楼究竟有没有青青的会随风摇摆的招牌。

第十四章

Thank you，撒泡尿。

在学校上课的时候，我和朱裳坐同桌。我不喜欢看教科书，我喜欢看窗外的杨树叶子绿了又黄黄了又绿，我喜欢看朱裳油光水滑的头发和脸蛋下面青青的静脉血管。我常常想，朱裳是什么做的？脉管里流的是血吗？什么样的血和肉，如何掺和起来，如何穿透我的鼻孔和眼睛，能给我这种强烈的感觉？这些问题，数目众多而强烈，我最后学了生物和医学，主要是想搞懂这些问题，但是发现现代医学连感冒都无法预防。

和朱裳坐同桌不是巧合，是我用一本英文原版的《花花公子》、一本香港的《龙虎豹》和班上来自远郊区县的一个叫桑保疆的土混混换的。桑保疆有个外号叫"撒泡尿"，新来的外语老师起的。

我们新来的外语老师，有个小鼻子和弯弯的刘海儿。她的身材很好，一头黑发，转过身子在黑板上写字，发梢差几寸几乎碰到她撅撅的屁股上。张国栋计算过外语老师头发增长的速率，预言再过十一天，发梢和屁股就会碰上，刘京伟毫无根据地不以为然，和张国栋打赌，赌一包金桥烟。尽管张国栋的计算没有问题，但是最后还是输了。外语老师在她发梢即将碰上屁股的前两天，把头发剪短了一大截儿。"北京风沙太大，头发太长像个扫把，替清洁工义务扫地。"她说。外语老师是南方人，英文发音很准，很为之得意，所以中文也是英文味儿的。有一天她看桑保疆总是不积极回答问题，就主动叫他站起来："这句英文：My father joined the Long March，怎么翻译？"

桑保疆居然答了半对："我爹参加了 Long March。"

外语老师甜甜地冲他一笑说："非常好，基本答对了。正确答案是：我父亲参加了长征。Thank you，桑保疆。"可是听上去，"桑保疆"绝对是"撒泡尿"。以后我们再也不说谢谢了，一律换成："Thank you，撒泡尿。"每到课间休息的时候，满楼道到处都是，桑保疆拎了个扫把，四处追打，还是追打不过来。

我所在的中学是个市重点，朝阳区唯一的一个，在朝阳区这一亩三分地，牛 × 得紧。在我们这批人毕业之后，这个学校连着四年拿了北京市高考的状元，名声走出朝阳区，开始在北京市这两亩六分地，牛 × 得紧。我想，这些成绩都是源于我们那时候的积累。我们持续的百无聊赖让那几栋教学楼含风抱气，风水极好。成功的果实有个时滞，没有砸在我们头上，在我们离去之后，没头没脑地砸在我们师弟师妹头上，让他们不知所措。我听过校长在媒体面前的表白，为什么会连续四年牛×再牛×，校长害羞地唠叨了十几分钟，从孔子之道说到儒学复兴说到党中央说到教育局说到自身努力，没有一句说到点上。

从初中升高中，我的中考成绩不错，我爸的关系还硬，老师们没有实现赶我出去的梦想。

中考之前，我三天不大便、三月不窥园，大车、二车驶进楼里的时候，不跑到阳台看她们一清二楚的头发分际、分际处青青白白的头皮、分际两边油光水滑的头发。但是距离千米，我还是听得见大车、二车驶过，环佩叮咚，我闻见两个人身上不同的香水气息和头发发出的更加恼人的味道。我的下身不听我解释，打个响指，上指青天，像是野狗听见动静，迅速地把两只耳朵竖起来。我屏息凝神，口念"唵嘛呢叭咪吽，好好学习天天向上"十四字真言。我想不明白，我好好学习了，早上起来，为什么我的下身还是天天向上？

刘京伟说，西山大觉寺的那个高僧，小时候也是出了名的淫根祸水，一次遇见一个云游的野和尚，说这个小坏种有慧根秀骨，但是前程有限：不是采花失手入大牢，就是被痴情女子骗去男根。唯一的办法是跟他一起当云游的野和尚。刘京伟说，哪天请那个高僧也来劝劝你的父母。我说，去你大爷的。

我意识到，我必须解决。

我拉上窗帘，窗帘上是红色牡丹花和绿色孔雀开屏的图案，窗帘外是杨树和五层的朱裳家。天气晴好的日子里，可以看见她家晾出的衣裳。我反锁上门，上上门闩。老妈有钥匙，我多加一个小心。老妈和姐姐在另外一个房间，姐姐在背历史书，老妈在思考她的商业计划。

我从小就感到有异种能量在老妈身上汇聚。在这个世界上，有人思考，有人便秘，有人汇聚能量。老妈渴望变化，渴望老有事情发生，她日夕在事，无论大小，控制得津津有味。她充满精力，充满抱怨，在抱怨声中，把所有的事情都料理得井井有条。她每天早上替我的馒头抹上芝麻酱和白糖。每两天里外打扫一遍屋子。每三天巡视一通这栋板楼，看看楼前楼后楼道里还有哪些地方可以霸占而又让邻里说不出什么，也让街道办事处找不出麻烦。每四天联络一次所有核心关系，询问小区规划三环路改造污水治理亚运会申请以及党政要员的变更情况。每五天逼我洗一次澡，检查我的头发修理、指甲修剪、耳屎清除。每六天调解一圈邻里的关键矛盾，提醒大家雨天收衣服，说一些诸如"退一步海阔天空，忍一忍烟消云散。七十岁的老头子跟小孩一样，跟小猫小狗一样，看见新媳妇欢喜，欢喜后不管不顾妄图爬灰，都属于正常范围。在理解的基础上落实行动，先剁老头子摸新媳妇的手，再剁他丫的小鸡鸡"之类的话。每七天重新布置一回家具，衣柜由东搬到西，写字台由南搬到北。老妈洞察一切，在一切中发现在当时最弱的一环，然后采取行动，然后再洞察，然后再发现，永远在忧国忧民，永远在行动。具有这种能量的人，要是多有几分姿色，就是陈圆圆、柳如是，要是生在古代或是战乱时期，就是圣女贞德或是女巫婆。老妈姿色平平，生长在社会主义阳光下，所以老妈写商业计划。老妈的商业计划清辞简旨，没有杂碎，商业模式里讲的是如何贱买贵卖，财务分析里讲的是投多少钱多少时间后收回多少钱。我老妈和张国栋的老妈合伙，贩卖银耳和闪光雷。两人努力的结果是，本来在北方颇为金贵的银耳很快比传统的黑木耳还便宜了，北京市区没两年之后就明令禁止燃放烟花爆竹了。至于贮存在张国栋床下的闪光雷，有一天轰然炸响，实现了张国栋用火药把床炸飞的梦想，张国栋也几乎成为那个身上绑着四十七支火箭尝试升天揽月的万户第二，这是后话。

心神忙了起来，国民党女特务也很少钻进我的被窝。有一回钻进来，还是烫了一脑袋卷花头，上了厚厚的头油，结在头上像是铺马路的沥青。但是手里的小手枪或是避孕套等等古怪东西不见了，女特务手上拿了一把三角尺，不紧不慢地说："我向前走三步，我向后走四步，我一共前进了负一步。"一遍又一遍。我说，你烦不烦呀？她换了句台词，还是不紧不慢地说："从三角形的顶点做垂线，以这条垂线为辅助线。"我动了一个心眼,我问:"女特务阿姨,中考的作文题目是什么呀?"女特务继续不紧不慢:"《游园有感》。"我叫喊,去你大爷的,然后梦就醒了。中考时,作文的题目竟然是《春游》,我写道:"公园一角,有个池塘。池塘边一棵柳树,池塘里一条金鱼。我好似水底鱼努力上进,老师和学校好似池边柳将我指引,为我挡风遮雨。"我的作文得了满分,托这个满分的福,我的分数上线了,进入了朝阳区这个唯一市重点中学的高中部,彻底粉碎了七八个高年资老师把我清理出门户的阴谋。

我理解了,女特务、女流氓、女混混、女妖精都是我们的好帮手。我当时下决心,如果将来决定当个文学大师,一定养两只母狐狸激发灵感。后来我做美元的外汇期货,为了看纽约和伦敦的盘,昼夜颠倒。我也养了个狐狸在我酒店套间的床上,小鼻子尖尖,小奶子点点,腰细而缭绕,臀坚而饱满。最好的是她的口活儿,舌头上有倒钩,跟猫和老虎似的。她天生知道身体所有重要穴位和经络走势,舌出如矢,认穴精准,想让你出来你就出来,想不让你出来你就出不来。我想不明白大盘的走势,早上五点钟,捅她醒来,"是买进还是卖空?"我问。小狐狸眼睛睁也不睁,高叫一声:"买进你大爷!"我就买进。"卖空你大爷!"我就卖空。狐狸毕竟是狐狸,十次有九次是对的。这是后话。

第十五章
小腿灿烂

　　中考过后，好些初中一块儿混的兄弟没上成这所市重点，可是刘京伟和张国栋竟然都在。刘京伟的爸爸在那时就已经是什么董事长了，我过了十年之后才分清楚董事长、总裁、CEO和总经理之间的差别。张国栋临场发挥比我还好，除了作文没我高，其他科目的分数都比我高。张国栋没有后路了，要是考不好，分流到我们隔壁那所臭名昭著的白虎庄中学，他就死定了。我们和白虎庄中学狠狠地茬过几架，张国栋出手没准头，总往手重那边偏，把隔壁中学的一个小胖子几乎打残。而且张国栋个头太高，一米八五立在那里，瘦得旗杆似的，所有人都认为他是挑头的，把所有黑账都记在他头上。那边早就放出话来，叫张国栋走路别落单儿，天黑别出门，关好窗户。刘京伟阴笑说，张国栋，你到了隔壁中学，就从凤尾升级成鸡头了，老师就把你当成心腹了，你就当三好生了，定期还有奖章和奖状，还有女生偷偷爱慕，一边做习题一边想着你一边舔上嘴唇。张国栋说："我是你大爷，我拜你为师，我拜大觉寺的和尚为师，我送你两双袜子，我送大和尚一对尼姑，我院子里一棵是枣树，另一棵也是枣树。我学铁砂掌，我泡药水，我一双铁掌，我以一当十，我练成了谁也不怕，我成了替死鬼我变成女僵尸钻你被窝，亲你嘴唇，嗑你，我让你精尽而亡，我是你大爷。"

我爸爸带我逛紫禁城，一遍又一遍，尤其是东宫的珍宝馆。他常常四处踅摸，眼睛放在一般人想象不到的地方，比如观音的奶罩，比如大禹治水玉雕的底座。我猜想是在找藏身之处，好在日落之后盗宝。我爸说："真是好东西呀，好些过去工匠能做出来的东西，现在科学进步了，反而做不出来了。比如那个翠玉白菜巧色蝈蝈。雨天的时候，翠玉的巧色蝈蝈在白菜叶子下面，晴天的时候在白菜叶子上面。真是好东西呀。"我想起了中考前努力学习的张国栋，知道自己不学习就是死路一条。现在要是有皇帝用刀子顶住这些工匠的后脖颈子，做不出来就杀头，过去能做出来的东西现在一定都能做出来。

高中重新分班，从初中部直接升上来的学生几乎没动，新考取的学生随机补充。好像战斗减员后，从周围村镇抓来壮丁，补充进来。我和刘京伟、张国栋都是老人了，知道这里千年的事情，老早就盘踞在教室后排。由于地面熟，感觉什么都是自己的，一个一个端详新进的学生。我自然是想看有哪些盘儿亮的姑娘，刘京伟在等那些剽悍凌厉的角色，好收编过来操练停当再去和隔壁中学茬架。他挑着一个练体育的，块头挺大，眼睛还挺活。练体育的交代，他最大的毛病是贪吃。小学五年级，他练的是跳高，最高的时候腹越式跳过一米九。后来胖了，改练短跑，最快的时候跑十二秒之内。后来又胖了，现在改练七项全能。刘京伟说，好，继续吃，再胖点就只能和我们一起练打架了。张国栋既看好看的女孩，又看能打的男生。张国栋说，除了朱裳，还有一个绰号翠儿的，也考进了我们中学，不知道能不能分到我们班。

张国栋不住在我们楼里，他有事没事就来找我，说是一起自习，但是进屋就蹿上阳台，瞭望朱裳家晾出的衣裳，分辨哪一条是朱裳的内裤。我说我有《武经总要》，里面有火药的三种制作方法。张国栋一笑，理都不理我。朱裳偶尔出来，站在阳台上，斜向上看去，裙裾飞扬。张国栋不出声地傻笑，黑不溜秋的驴粪蛋脸上露出一口雪白的板牙。

后来他和我一起煮挂面当晚饭的时候说："小腿灿烂。"然后对我说："你丫真是有先见之明。"然后说："要不咱们两家换房吧。否则我每天来自习。"

这个混蛋最终没有成为科学家，虽然他上了清华大学，最好的理工科系，学了计算机，会用汇编语言写8086芯片能使的程序，还在金工实习的时候用车床车了一个现代派的多棱柱体金属裸体美人。但是张国栋上了三年就被勒令退学了，之后做了导演，电脑一点儿不会使，但是一天用手机发二三十条短信。他留一头长发，全是头皮屑，油乎乎地在脑后扎个小辫儿，常常皱着眉头思考人生，不用正眼看人。后来一脚踩上雷，拍了个DV片子，到欧洲拿了个什么奖，莫名其妙红了起来，上街要戴墨镜，担心别人认出来。翻开娱乐小报，常有对他的访谈，最常见的主题是"青春是残酷的"。能上他戏的女演员都有两个特点：小腿细细的，小腰窄窄的。

第十六章

丫嘴唇真红

翠儿当时的名头比朱裳响亮。

我们小时候，娱乐业不发达，女影星基本都是大嫂以上的打扮，剪个齐耳平头，偶尔有个把小姑娘在电影里露头，也永远笑嘻嘻的，傻子似的开心。女特务是稀缺资源，听老流氓孔建国说，演完电影之后都量了三围、称了体重、编了号，全国统一计划调拨，肥瘦搭配。那时候什么都凭票，布票、油票、面票，最值钱的就是女特务票和金瓶梅票。女特务票和金瓶梅票是等值的，一张女特务票可以领一个女特务，使用一天，一张金瓶梅票可以领一部未删节的《金瓶梅》，看一辈子。一张女特务票或是金瓶梅票能换一千斤面票。

但是，我们也有明星。老流氓孔建国出名是因为他知道几千年来鲜为人知的事情，朱裳出名是因为唱歌。

有一次朝阳区中学生声乐比赛，街面上所有有头脸的混混都去看了，人山人海的，我和刘京伟、张国栋皮糙肉厚，不怕挨冷拳冷腿，挤在最前面，我们的衬衫扣子都掉了好几颗。朱裳吉他弹唱，吉他比她的身体大两圈，红棉牌的，古铜色的，还有个背带，挎在朱裳的脖子上，她的脖子可真白。朱裳头发散下来，又直又顺，遮住半边脸和一只眼睛，没被遮住的那只眼睛也低斜，死盯着舞台上的地板决不看人。一条白裙子，从脖子一直遮到脚面，好像个白面口袋，什么胸呀，腰呀，屁股呀，全都看不见。歌好像都是两段的，朱裳先用中文唱第一段，再用英文唱第二段，中文、英文我都没听懂，歌名好像叫 *Feelings*。她唱英文的时候，眼泪静静地流下来，滴滴答答打在吉他上，但是歌声没有一丝改变，震了台下大大小小的混混。"这就是传说中的美女呀！"张国栋唠叨，充满他特有的好奇。我看见他嘴张得老大，嘴唇通红，两片嘴唇之间有连绵不断的唾沫丝连接。我抬肘顶张国栋的下巴，他差点咬着舌头。我觉得朱裳特别做作，装丫挺的。我抻着脖子看，想看到她谢幕时会不会从裙子底下，露出没穿袜子的脚，我喜欢看见肉，特别是很多布包着的肉。另一不买账的是刘京伟，他说，你们这帮人傻呀？人傻没办法呀。刘京伟喜欢三里屯二中一个跳俄罗斯舞的，白白胖胖的，个头老高，瞳孔还是半蓝不黄的，听说她妈妈的奶奶是俄国人，几十年前在哈尔滨跳脱衣舞，奶头通红，嘴唇通红，外号红菜汤。刘京伟说，跳舞的时候，她一身的肉都在动，她的奶长得一定随她奶奶的奶，小兔子似的东蹦西跳。肚脐眼里好像真的有个眼珠子，滴溜儿乱转。十几年后的一个冬天，刘京伟拉我去日坛附近一个叫"七星岛"的大酒吧，门口斗大的字：卖淫嫖娼吸毒贩毒是违法的。我们在里面又一次遇见了这个三里屯二中跳俄罗斯舞的。她穿了一件带兽皮边儿的连衣裙，凭着个高奶大脸白，冒充俄罗斯来的，收取一次八百元的高价。刘京伟出来的时候可兴奋了，口冒白气，说："不只是冒充的，有真俄罗斯的，还有蒙古的、捷克的、南斯拉夫的，现在真是昌盛了，再现大唐盛世，再现大唐盛世。"那天晚上，他说了一百遍大唐盛世，然后就把当时他能挪动的现金都买了B股，然后就发财了，这是后话。

翠儿出名是因为好看，实实在在、简简单单的好看。

我和翠儿很熟，我们一起上幼儿园，她第一天就坐我旁边，两只手放在膝盖上，眼睛乖乖地望着老师。那时候，我在幼儿园门口等她一起回家，多少年后的后来，我被女流氓女强人抛弃之后，翠儿偶尔会把自己借给我抱抱，睡一两觉儿，几个反复，翠儿还险些成为我的老婆。由于翠儿的名头，张国栋硬要我和刘京伟陪他一起去工人体育场，看翠儿的学校为某届农民运动会排练团体操。我们坐在空无一人的体育场看台上，刘京伟从来没见过翠儿，这种无风无情的土混混，在场下几百个小姑娘里一眼就看见了梳着两个小辫的翠儿，问我："那个举着个大黄麦穗的是不是翠儿？丫嘴唇真红！"尽管在认识她二十五年之后，翠儿洗完脸，冲我一笑，齿白唇红，我还会惊诧于她简简单单的美丽，继而感叹天公造化。

我去过翠儿家，她爸她妈她弟弟都在。她父母都是中学教师，爸爸教体育的，长得像李逵，妈妈教化学的，长得像李逵的大姐。她弟弟曾经和同学到北京郊区的金山玩，丢了一整天之后才找到，找到的时候他的眼神迷离，在草丛里露出一脸憨笑，同学都说他野猪附体了，从此给了他一个"猪头怪"的外号。总之，如果翠儿真是她父母的孩子、她弟弟的姐姐，天地间一定存在基因突变这回事儿。

结果翠儿分到了外班，朱裳分到了我们班。安排座位的时候，朱裳坐在了土流氓桑保疆的旁边。

第十七章
《龙虎豹》

我想坐到朱裳旁边，我一定要坐到朱裳旁边。朱裳头发散下来很香，油光水滑，又直又顺，遮住半边脸和一只眼睛。朱裳的妈妈曾经很出名，老流氓孔建国总是提起，是老流氓孔建国眼睛里的绝代尤物。

我用一本英文的《花花公子》、一本香港的《龙虎豹》和桑保疆换取坐到朱裳旁边的权利。

《花花公子》是老流氓孔建国那次送我的，《龙虎豹》是刘京伟从他爸爸床底下偷出来的。这两本杂志，本来我一本也不想给桑保疆这个土混混。其实那本《花花公子》我已经熟得不能再熟，那期主打一个巴西美女，一头黑色卷发，乳房仿佛脸盆大小，腰却很细。我每看到这两个脸盆大小的乳房，就想起心里的那个阴谋理论：这里面一定有阴谋，同样是十斤肥肉，扔在肉铺里就没人要，添上一个奶头就让人热血沸腾，为什么呀？我一闭眼，想回忆起哪个姿势，巴西美女就会在我脑海里摆出哪个姿势，完全不需要杂志的帮助。在脑海里，我倾向于把她的乳房想象得小一些，我担心她的腰太细，可能不堪重负而折断。我还可以在脑海里进行剪接，把巴西美女的某些部位和大车、二车、女特务以及朱裳妈妈的某些部位交换、对接、重新组合，朱裳妈妈和巴西美女的丰满身材最不般配，好像硬把猪肉往孔雀屁股上贴似的。但是这本杂志有纪念意义，而且印刷精美，还是英文的。考试的时候，考我们"兴奋"的英文拼写，我闭着眼就写出来了。那本《龙虎豹》就更不想给桑保疆了。相较巴西美女，我更喜欢亚洲姑娘，头发是黑的直的，奶大得也比例合适，不像注过水或是充过气，大猩猩似的。那期《龙虎豹》主打一个香港肥婆，充分体现香港人的诚恳求实心胸坦荡。那个肥婆自称"四眼狗"，戴个眼镜，手抓两沓港币，在银行做出纳，人生最大理想是每天经她手数过的钱都变成自己的。

一天傍晚，我把土混混桑保疆约到操场西南角，那儿有棵巨大的白杨树，风吹过来哗哗响，叶子一面光滑油绿，一面绒毛嫩绿。我从书包里掏出厚厚一本内衣广告，用报纸包了封皮，好像一本精装习题集。这都是从我爸爸那里顺来的，他做服装进出口，时常有这些东西。

桑保疆一页一页，仔细看完，数着手指头说："一共五个女的，来回换衣服，没意思。我不和你换。"

"为什么？这本东西还有一个两尺大的附页，美国美女！你去过美国吗？多大的奶子呀！比你们太阳宫土地奶奶的都大！上面还有日历呢！今年的。今年还没过完，还能再用三四个月呢。你又看美女，又知道了日期，多好！"

"不换。这里面全是内衣，我不爱看包着的，我爱看没东西包着的。"

我清清楚楚看见桑保疆两腿之间从无到有，由小变大，裆里仿佛藏了一头小猪，猪鼻子挺挺的。我看不见人们的灵魂，但是，隔着裤裆，我看得见他们的家伙。我后悔不应该让桑保疆看到内衣广告的全部内容。

"这已经是包得少的了。你去查《辞海》《新华字典》，上面讲人体的图解，女的都穿着跨栏背心！你连肚脐都看不见！"

"不换。我听说你有什么都不穿的。"

"你要用想象力，你合上书，一想，什么衣服呀裤衩呀，就都没了。"

"我又不像你，反革命意淫犯。"

"这是功夫，这种想象力对你作文很有帮助的。有了这种想象力，你做作文再也不用每次都写：我爸爸是个乡上的干部，他最早的职务是妇女主任。"

"像你这样的坏人才能写好作文呢，我不抱希望了，我专心学好数理化。没有没有衣服的，我就是不换。"

天全黑之前，土混混桑保疆从我那里得到了一本《花花公子》和一本《龙虎豹》。

刘京伟说："先让着他，以后再收拾他。至于《龙虎豹》，可以再从老爸那儿偷，他隐藏得再深我也找得到，他丢得再多再痛也不敢叫的。"

张国栋说："桑保疆要是告诉教导主任怎么办？"

我说："他告什么？自己偷看黄色小说？再说他拿什么证明是我给他的？"

张国栋说："你的手印在杂志上到处都是，还跑得掉？现在有一种技术叫DNA检测，几年前的精液都查得出是谁的。得，一查，你秋水跑不掉，桑保疆跑不掉，还有刘京伟他爸，还有老流氓孔建国，一定还有你刘京伟，都跑不掉。到时候开个公审大会，台上站得满满的，都是反革命手淫犯，然后写入你们的档案里去。"

"在这之前，我要让他知道说出去的后果。桑保疆要是敢说出去，我把他嘴缝起来，第一遍用丝线，第二遍用棉线，第三遍用订书器。"

第十八章
臭贫和牛 ×

我替土混混桑保疆起草了调换座位申请书。这是他最后一个无理要求，他说："你的中考作文得了满分，所有人都知道，你一定知道怎样臭贫和牛 ×，你有想象力。作为交换，以后你看这两本杂志可以免费。"

我写的申请书如下：

敬爱的老师同志：

金秋十月，秋风送爽。祖国在不断富强，我们在不断学习，实现四个现代化的任务终将在我们这一代完成。我由于先天不良、后天不检点造成眼睛近视及听力低下。秋水同学先天优良、后天检点，视力一直保持一点五，常能听见隔壁班同学上课时的交头接耳，看见隔壁班上课时男生女生之间的小动作。为了祖国、为了学习、为了四化，我希望能和秋水同学交换位置。经过和秋水同学协商，他本着关心同学学习的良好愿望同意了我的要求，也希望您能批准。

我们的革命事业，正像毛主席说的："夺取全国胜利，这只是万里长征走完了第一步。"直到现在，我国"一穷二白"的面貌还没有完全改变；要把我国建成一个具有现代化工业、现代化农业、现代化科学文化的社会主义强国，还需要经过长期的巨大努力；世界上还有帝国主义存在，还有许多国家的劳动人民——特别是母亲和儿童遭受着侵略和压迫；而且，我们不但要改造社会，还要改造自然，征服宇宙。我将以加倍的热情和干劲去学习和工作，为祖国四个现代化的实现而努力奋斗。

申请人：学生桑保疆

一九八七年十月十一日

班主任同意了桑保疆的申请，还表扬了我的热心。

土混混桑保疆研读着印刷精美的酥胸大腿，觉得我为一个少言寡笑、衣着防卫过当的朱裳舍去这些更方便的刺激，是不可理喻。等到两本书上的各色妖女都在桑保疆的梦里翻云覆雨过后，他制订了一个商业计划，然后付诸行动，开办了一项业务。他在宿舍里向低年级的男生出租这两本杂志，十五分钟一次，一次一元，超时五分钟加五毛。阅览的地点就设在桑保疆的床上。桑保疆床上常年挂一架肮脏无比的蚊帐，原本是网眼的，透气不透蚊子，现在什么都不透，外面看过去，什么都看不见。桑保疆的不法收入第一次超过低他两个年级的弟弟桑保国。桑保国替人做一次作业收费五毛，桑保疆觉得自己比弟弟更省力，更精明，更成器。十几年后，太阳宫乡在北京城扩建的过程中地价飙升，桑保疆逐渐成长为新一代土豪和有影响力的地产人物。这是后话。

第十九章
翠儿

朱裳头发散下来很香，油光水滑，又直又顺，遮住半边脸和一只眼睛。朱裳的妈妈曾经很出名，老流氓孔建国总是提起。这些事情涉及美学和历史学，土混混桑保疆是倒尿盆长大的，这些，他懂不了。我也是倒尿盆长大的，但是我家楼里住着老流氓孔建国和大车、二车，我懂。

我知道自己的斤两，我精通臭贫，胸中有青山遮挡不住的牛×，我能让朱裳开口讲话、开口笑。

翠儿说，有些人生下来就是陈景润，有些人生下来就会臭贫，就会讨人高兴。翠儿说："秋水，我就是不知道你将来用你的本事干点什么。"那时候，"鸡"都少见，"鸭"的概念还没有完全形成，《战国策》的年代早已过去，咨询业还不存在，所有的文学杂志都在讴歌阳光和希望，仅有的一点朦胧诗也是较真犯傻反思"文革"。翠儿和我熟得已经不能再熟了，她老为我的前途担心。翠儿说，我长得绝谈不上浓眉大眼、英俊潇洒，但是还算耐看，还算有味道。翠儿说，我腿上的毛又粗又长，多少男人长到八十岁也长不成这个样子。我说，你看了多少八十岁的男人得出的结论？翠儿说，我日你大爷。我说，很可能是八十岁的男人原来都是有腿毛的，但是到了八十岁就掉光了，所以你应该把注意力集中到十八岁，收集数据分析分析，才有说服力。翠儿说，我再日你大爷。

翠儿说，我笑起来很坏、很阳光，笑得姑娘心里暖暖的，觉得这样的男孩一定不会伤自己的心，和这样的男孩一定不会无聊。我听翠儿讲过，她长大要挣大钱。

"挣大钱做什么？买好多漂亮衣服？"

"对，给你买漂亮衣服，最好的牌子，最好的质地。"

"干什么？"

"然后我挽着你，随便逛逛街，挑一条裙子，在街边一起喝瓶汽水，或是会会我的朋友，一块儿吃顿饭。答应我一件事。"

"什么？"

"先答应我，反正又不会逼你娶我或者引刀自宫。"

"不用你逼我，到时候我会逼你嫁我的。你是我见过的最漂亮的姑娘，不娶你娶谁呀？"

"答应我。"

"好。"

"将来无论谁是你老婆，我给你买的东西，一定要收，而且一定要用。"

"为什么你不是呢？我还没告诉你我的人生理想吧？我当然也有理想啊。我的理想是娶最漂亮的姑娘，写最无聊的文章，精忠报国，实现四个现代化。你是我见过的最漂亮的姑娘，不娶你娶谁呀？"

"你别和我打岔，我还想多活几年呢。我知道我长得很好，但是我脑子并不特别好使，没有那么多邪门心思。即使我脑子也算好使，我也没心思和你纠缠。我和你这么熟，你小鸡鸡如何在这几年里从无到有，什么时候从小到大，我都心中有数。你这摊浑水有多荤，我清楚得很。再说，你不是已经通过不正当手段坐在那个姑娘旁边了吗？"

"你大爷。你小胸脯如何在这几年里从无到有，什么时候从小到大，我心中也都有数。还是我提醒你戴奶罩的呢，小姑娘家家，十几岁了，晃里晃荡地穿个跨栏背心套双拖鞋摇把蒲扇就敢出来玩了，成何体统！你又不是胡大妈。"

"少废话，我问你正经事儿呢，你不是已经通过不正当手段坐在那个姑娘旁边了吗？想那个姑娘想疯了吧？"

"我真是为了帮助同学，桑保疆坐在我原来的位子上，第一排，第一个，抬头就能看见老师，省得他色眯眯地眯缝着眼睛，让年轻女老师起鸡皮疙瘩。"

"你还是省点唾沫骗别人吧。"

"你怎么知道的？"

"咱们这儿就这么大地方，就出这么几个坏人，绕几个弯大家都认识。群众的眼睛是雪亮的。你以为是个生人，或许他曾经和你睡过同一个姑娘呢。"

"人正不怕影斜，我换位子是为了更好地集中注意力听讲，不看窗外的漂亮姑娘。而且也是为自己的身体考虑，你知道的，我三天不看漂亮姑娘就会牙疼。"

"越抹越黑，懒得理你。你答应过的到底算不算数？"

"算数。"

之后的漫长岁月里，我反复梦见翠儿，但是没有照片的帮助，还是想不真切她的样子。我总问为什么我们没能有好结局，不是因为太熟了，我想是因为时候没凑对。每次翠儿打扮停当，替我撑场子，哪怕是穿同一条黑裙子同一双高跟鞋，我还是总诧异于翠儿的美丽。看见她的男人，常常装作稀松平常地打个招呼，然后低下头去在脑海里默想她的样子，眉毛怎么弯，鼻眼如何安排，头发如何盘起来一丝不乱。想不鲜明的时候，再通过某些不引人瞩目的方式补看翠儿几眼，多找几个角度，多找几个背景，确保回家后能够想起，能够不缺太多像素，才开始大口喝酒，不再怔忪不安。

我想，这就是传说中的艳光四射吧。

第二十章
真丝红裤头

数学老师有个大得出奇的脑袋，里面没装多少与数学有关的东西。我和大脑袋的人没有缘分，这被之后的很多事实证明，大脑袋的男人在工作中整得我七荤八素，大脑袋的女人在生活中整得我死去活来。我后来学了医学，专攻肿瘤。结识的一个医学怪人，反反复复和我理论，说人类的大脑远远大于实际需要，中世纪人类的生活就已经很安逸舒适了，之后的所谓进步或者异化实际是大脑在作怪，你开一阵宝马感觉和小面没大区别。超常大小的大脑绝对是异端，本质上是一种肿瘤。我无法从科学上证明他的正确与否，但是我心目中的美人，永远是脑袋小小的，脖子细细的，头发顺顺长长的。

我坐在教室的后面，还是隐隐闻到蒜没被完全消化、从胃里反出来的味道。数学老师的早点一定是昨晚吃剩的饺子，用油煎了煎，还放了很多昨天晚上拌的醋和蒜。昨天的饺子一定是韭菜馅的，数学老师的大门牙上沾了一片长方形的韭菜叶子。他的脑袋大，必然嘴大，食道大，胃大，反出来的味大，我觉得坐在第一排第一个的桑保疆挺可怜。

桑保疆皱着眉头，一根铅笔农民一样地夹在耳朵上，仿佛正在对椭圆方程进行着深深的思考。铅笔的一头已经被他咬得漆皮斑驳，露出铅芯。桑保疆的鼻子仿佛长拧了的草莓，奇形怪状，黄里透红，数目众多的粉刺头上的小黑点就像草莓一粒粒的小瘦果。我最怕看桑保疆听讲或是想问题，就像死了亲娘舅一样难看。

朱裳却是香的。很淡，但的确是香的。桑保疆是倒尿盆长大的，这个，他懂不了。

"不想听课了？"我问朱裳。

"我听不懂。我不知道他在讲什么。总是顺着他的思路听两三分钟，他就跳开讲别的了。我怀疑他自己知道不知道自己在讲什么。"

"反正除了撒尿也是闲着，我给你讲点真正难懂的吧，想听吗？"

"好啊。"

"是一个故事。"我在想从老流氓孔建国给我们讲的黄故事中如何能找一个比较机巧又不带器官的。好像围棋布局，开始要疏疏朗朗，微言大义。其实我们最终都是要亮出阳具的，但是一开始就亮的是露阴癖，大婚之后的是行天地之礼。

"嗯。"

我伸手敲了前面张国栋的后脑壳一下："回什么头？好好听讲，不许走神，不许偷听。"

转头看着朱裳，我开始讲："说从前有个小村子，小村子里有一户很本分的人家，这人家娶了一房媳妇，媳妇很漂亮，生活很美满。后来这个媳妇生了个大胖小子，大家更是欢喜非常。可是，日子一天天过去，大家发现了一个问题，这个孩子不会讲话。郎中讲，孩子绝不是哑巴，但无论用什么办法，就是不能让这孩子开口。一天过了又是一天，大家也习以为常了，好在孩子又壮实又聪明，日子又渐渐美满起来。"

"后来呢？"

"后来突然有一天，孩子开口说话了，他叫：'姥姥。'发音清楚，声音洪亮。两天以后，姥姥死了。过了三个月，孩子又开口叫人了：'妈妈。'发音清楚，声音洪亮。两天以后，妈妈也死了。又过了三个月，孩子第三次开口叫人了：'爸爸。'发音清楚，声音洪亮。他的爸爸知道自己死期将至，就到村头的小酒馆买了一壶最贵的酒，两个酱得最好的猪蹄，酒足肉饱之后，穿上自己私藏的真丝红裤头，索性躺在床上等死。"

"后来呢？"

"后来两天之后，隔壁的王二叔死了。故事完了。"

"不对，是隔壁的秋水死了。"朱裳说，低着头笑，脸贴桌面。

"他爸爸为什么会有真丝红裤头？"朱裳停了停又问。

第二十一章
别看我长得像个杀猪的

我的长相平庸而粗糙，但是我的内心精致而细腻。我和老流氓孔建国说，别看我长得像个杀猪的，其实我是个写诗的。

我在中学上语文课，戴着黑边眼镜的语文老师教会我如何使用排比和拟人，说会了排比和拟人，就是诗人了，就可以写诗了。我间或看我姐姐订阅的《少年文艺》和《儿童时代》，有一次《少年文艺》征集诗歌，必须是中学生作者，一个作者最多寄二十首，一个月后评出一、二、三等奖，因为它是全国性的杂志，得了奖后就是全国级别的小诗人，也算特长，将来高考可以加分，跟你会扔标枪或铁饼一样管用。我一晚上就写了三十首，第二天挑了二十首，用绿格稿纸誊了，寄了出去。我想，我记得的李白杜甫也不过二十首，我的二十首传个千八百年，也知足了。

那个写诗的晚上，我速读《诗经》，跳过所有祭祀章节和不认识的文字，明白了"赋比兴"和"郑风淫"，最大的写诗诀窍就是找到心中最不安最痒痒的一个简单侧面，然后反复吟唱。那个写诗的晚上，我写完了我这辈子所有的诗，之后再也没有写过一句，就像我在十六岁至十八岁期间耗尽了我对姑娘的所有细腻美好想象，之后，所有的姑娘在我的眼里都貌美如花。刘京伟说，你丫花痴。张国栋说，你丫没品位，捡到篮子里都是菜，烂梨也解渴。我说，你们土鳖。

人在不同时候，对于不同事物的"产能"是大不相同的。过去打架泡妞，一天能打三场架，一个月能和四个姑娘臭贫，同时处两个女朋友，一三五、二四六，周日休息，一次三至五毫升。现在写小说，笔顺了，一天五六千字，一个老婆够我一年到头想念，一次三至五毫升。真不知道，妙人曹禺三十岁之后的岁月是如何度过的。

我那二十首诗的第一首是这样的：

印

我把月亮印在天上

天就是我的

我把片鞋印在地上

地就是我的

我把唇印在你的额头

你就是我的

我那二十首诗的第二首是这样的：

空

没有双脚

我还可以走近你

没有双手

我还可以抚摸你

没有心脏

我还可以思念你

没有下体

我还可以燃烧你

一个月后，我得到通知，连三等奖也没有评上，二十首诗被退回来，稿纸最后有四字评语"淫荡书卷"，然后画了好几个大叉。我觉得是在夸我。这四个字我一直留着，夹在笔记本里，写小说的时候带着，不时看看，当成自己对文章风格的追求，时刻激励自己。

我给老流氓孔建国看过我的诗。我想他是流氓，懂得姑娘，所以应该懂得诗。老流氓孔建国对我的诗没有评论，但是问了三次诗中的"你"是谁，第三次，我说诗中的"你"，是志气，是理想，是北京大学，是双皮面高帮耐克篮球鞋。

第二十二章
脉管

朱裳的皮肤很白，从侧面看去，可以看见颈部和颊部皮肤下青青的脉管。脉管里有一种让我心旌摇动的流动，看久了，心跳会和这种流动同步，发出震耳欲聋的声音。这时，在静静的课堂里，仿佛人人都盯着我看，知道我在看什么。

在一个楼里住着，我少不了要遇着朱裳妈妈。她让我相信，老流氓孔建国讲的一切传奇都实际发生过。

外国文人夸女人到顶，说这个女人能让发情的公牛安静下来。我觉得与此相反，朱裳的娘能让从十六到六十岁的男人都充满肉欲，这在中国很少见。虽然朱裳娘已经明显老了，在眼角上已经能清楚地看到岁月刻画的丝丝纹理，但是这个迟暮的美人举手投足间却总能透出旧日旖旎的风光，令人仰视。就仿佛老流氓孔建国十年后已经金盆洗手、改行修车，尽管已经完全看不到年轻时一把管叉叉挑八条壮汉、血透绿军装的风采，但是听说自己的侄子被几个小痞子打成了茄子，放下扳手，老流氓孔建国眼睛一睁，我还是感到秋风肃杀。

朱裳不是她妈妈那样的女人。鼻子不是鼻子，不高；眼睛不是眼睛，不大。五官中无一出众，但合起来就是好看，耐看。好像朱裳从她娘那里没有遗传来美丽的形式，却遗传来了美丽的感觉，就仿佛《爱丽斯漫游奇境》中的那只猫，笑脸没有了，笑容还在空中荡漾。

放学回家，我间或能碰见下班回来的朱裳父母，她父亲鼻梁上架了副眼镜，黑色窄边，金属镜架，少言寡语，但举手投足透着一股亲切和善。她母亲也很少说话，却总让我感到一股冷漠淡然，然后想起翠儿的好处。他们偶尔在楼道里遇见同事，朱裳爸爸常寒暄几句，聊一小阵子单位里的大事小情，朱裳的母亲只点点头，在他们聊天的时候检视一下自己剪裁精准的衣服，从上面捡下一两点线头。我也在楼道里听过朱裳父母之间的对话，话题多集中于饮食的调节以及冷暖变化及其对策。我以前总是纳闷，街面上日日在自己面前飘然而过的那些美若天仙的姑娘回家后都和谁睡觉。观察过朱裳父母之后我清楚了，就是和朱裳爹这种人。这种人坐不出龙椅和马扎的区别，享受着上等的女人，无知无觉，问心无愧，如得大道。否则的话，对绿帽子的担心，就会让他少二十年阳寿。

我现在想知道的是，在厨房里浸淫二十年厨艺的朱裳妈妈，再遇上旧日的大流氓们，心里是什么感觉。那些大流氓现在可能都是董事长、总裁了，出门都带保镖，至少有人拎包，前呼后拥，坐虎头奔驰。朱裳妈妈会不会想，或是至少想过，男人就不该挣有数的钱，就该如此风光。她如果这么想过，有没有和朱裳爸爸提及，朱裳爸爸如何应对。

　　终于有一次听老流氓孔建国交代，朱裳妈妈第一次抱住的那个目光凶狠凌厉的男孩现在已经是富甲一方的人物。他的公司什么都做，从介绍婚姻拉国际皮条，到防弹衣军火，也做布料成衣，所以和我搞服装出口的爸爸也算是半熟脸的朋友。我见过那个家伙一次，那是个酒会，自助，有三文鱼，有龙虾，有很甜的葡萄酒，所有参加的人都穿得很正式，端着一杯酒走来走去，和认识的人表示重相见的惊喜，跟不认识的人露出微笑。我别别扭扭穿了身西服，借五楼邻居大哥的，跟了我爸去白吃。我看见那个大流氓，大背头，大皮鞋，大金链子，亮头油，也是个脑袋巨大的人。他周围的人都看着他，听他滔滔不绝而又从容自得地讲着什么。他的三个保镖在屋子里也戴着墨镜，左右及身后各一个，三个人同时照应前方，又不挡这个大流氓的光辉形象。我爸爸凑上去搭讪，他目光凌厉地看了我一眼，对我爸夸我狡猾可喜，时代这么好，不出来干而去念书，真是可惜。我说，叔叔，我还小。为什么你的保镖不换成女的？头发到肩膀，油光水滑的那种。

　　"听人讲，你妈妈曾经很出名。"我问朱裳。

"爸爸很少讲，妈妈也很少讲。只是和爸爸上街，爸爸有时会指给我看，对我讲：'瞧，那个一脸横肉的家伙差点当了你爹。瞧，那个右手少了三个指头的人差点当了你爹。'"

　　"咱爹真逗。"

　　"我对他讲：'我才不要那样的人当我爹呢。'"

第二十三章
落花无言，人淡如菊

我实在听不下数学老师在讲什么。

屋子里暖气烧得很冲，屋子里的四十八张小脸红乎乎的。如果我睁眼看着数学老师，几分钟以后，我就只能看到老师硕大整齐的牙齿，然后从里面骨碌骨碌滚出一个一个音节，仿佛一个个亮亮的骰子，落在地上，发出清脆但是毫无意义的响动。所以我索性用课本、教参及习题集在课桌上垒起高高一堵墙，挡住数学老师雄壮而洁白的牙齿，自己翻出一卷《小山集》，有一搭无一搭地念。对于数理化，我每学期都是自己把教科书念完，找一本习题做完，然后就考试，及格问题不大，比及格线高多少，就看老师的心情和我的蒙性了。剩下的上课时间，我胡思乱想，看各种杂书。

我佩服那些刻苦用功看正经书的学习牲口，老师们经常暗示我们，由于有他们的强势存在，我们这种混混将来会很悲惨。我们班上最著名的牲口是丰满而俏丽的胖燕，她的脸颊永远桃红。她为了专心听讲，和老师反复央求，调到了第一排，安稳静好地坐着，仿佛一座灯塔。除了上厕所，胖燕一动不动。我问张国栋，胖燕吃什么？张国栋说，她吃智力糖。智力糖是白色的糖块，做成12345的形状，还有加减乘除各种符号。胖燕的吃法是先吃个1再吃个加号再吃个4再吃个等于号，最后吃个5。即使这样，胖燕还是长肉，她周围的人反而越来越瘦。最惨的是桑保疆，他和我换了座位，进入了胖燕的辐射范围，三个月之后，被割了阑尾。第四节课快结束的时候，我和张国栋常感觉饥饿难忍，就看看胖燕，她思考或是生气的时候，隔了几排座位，我们还能闻见炖肉的香味。有一阵，张国栋对胖燕产生了某种迷恋，在胖燕离开座位上厕所的极短时间，张国栋一步蹿过去，一屁股坐到胖燕的椅子上，闭上眼睛，身体左右蹭蹭。张国栋回来告诉我："温暖极了。"

在看杂书的过程中，我常常会沉浸在各种幻想之中，但是，只要是白天，我基本不会性幻想。有时候，我想象老流氓孔建国突然年轻了，重新带了一帮兄弟和白虎庄中学的"虎牙"团伙火并。地点就在窗户外面，就是学校门口的那条街，对面是中国青年报印刷厂和简称"机院"的机械工程管理学院。我坐在靠窗户一排，老师背对我的时候，我欠起身子，就能看见。火并使的家伙还是冷兵器，我喜欢冷兵器，更直接，更体现人的价值，板砖、管叉、钉了钉子的大头棒子。我听见老流氓孔建国的叫喊，我喜欢他的叫喊，没有任何特殊意义，简单地说就是"我一定要灭了你"。我嗓子不好，我只会用嗓子发音，老流氓孔建国的叫喊是一种从肛门、大肠、小肠，然后直通胸腔、喷出嗓子的发音。这种声音我听过两次，之后随便什么时候都能想起来，我想，如果这种声音喊多了，可能出现书里说的"肝肠寸断"，就是大肠小肠都震断了，屎尿都漏在肚子里。有时候，我想象一个大我许多的姐姐来接我。大多少，我并不清楚。我那时分不清二十几岁、三十几岁或是四十几岁。长相一定要好看，但是不能像大车、二车，也不能像女特务，甚至不能像朱裳。头发是黑的，好的，顺的，如果散下来，搭在胸前，将将蹭着乳房但是不能超过奶头，甩在肩后，将将过肩胛上脊。但是，我最喜欢的是这种长短的头发盘起来的，别一根墨绿色的中华HB铅笔或是清早期的老白玉簪子，一丝不乱。身材不一定是大奶，但是腿很长。她最好会开车，想到哪儿去就到哪儿去。我也不知道她为什么找我，要带我到哪里去。我喜欢坐美人开的车，我坐在旁边，肆无忌惮，口无遮拦，看窗外的风景和窗内的美人。风景好的时候，美人笑的时候，把左手放在美人的右腿上，问：是不是不征求你同意就把手这样放的人就是流氓？你不开车的时候，发生这种事你一定会大嘴巴抽他？美人在专心开车，不像平日里一样过分专注于自己的美丽，所以格外好看。

有时候，我想象朱裳。我闭上眼睛，朱裳就在身旁，我闻得见她的味道，那是一种很综合的味道，包括她使的香皂、擦脸油、衣服上残留的洗衣粉，露在外面的头发、手臂，还有包裹在衣服里的身体。我听得见她玩纸片的声音，她手上总要玩点什么，比如把一张不大的纸片叠来叠去，很久的后来，她告诫我，一定不要把电影票或者车票交到她手上，否则一定在二十分钟之后被折叠揉搓得面目全非。我知道，这空气里，有朱裳呼出的气体，我用嘴深吸一口气，我慢慢咀嚼。

屋里很热，滋滋的热气在玻璃窗上熏出一层蒙蒙的水雾。我握了拳头，将拳底按在笼了水雾的窗上，窗上就有了个小足印。周围还是水雾，而足印是透明的，可以看到窗外的冬天。按一下，再按一下，再按一下，就有一串歪歪斜斜的小足印，在蒙蒙的水雾里通向远方。于是一个戴蓝色小尖帽的小妖怪就顺着那串小小的足印，歪斜地走进窗外的冬天。

窗外的冬里是几排树。树谢光了叶子，显出一丝丝散开的层次繁复的枝。小妖怪知道这便是冬天的花了。间或有几缕薄薄的云从繁花间流过，那便是天上的河了。耐心些，等一等，小妖怪看到从河的上游漂下来一瓣瓣奇大的花瓣。每个粉色的花瓣上睡着一个粉扑扑的小姑娘。

我强烈地感觉，有两个世界在。除了屁股下硬硬的椅子所盘踞的这个外，还有另外一个。如果沿着自己的目光走过去，走过隔开两个世界的窗上蒙蒙的水雾，就是精灵蹦跳的奇幻世界，椅子下的这个世界太小了。如果躲进自己的房间，沿着青灯黄卷走过去，跨过千年时光流成的浅浅的河，就是流氓是正当职业的时代，就是妓女是代表最先进生产力的美女时代，椅子下的这个世界太窄了。

在我的感觉里，朱裳是唯一一个能在两个世界里出现的女孩。如果走过窗上蒙蒙的水雾，朱裳便是那瓣最大的粉色花瓣上睡得最熟的小姑娘。如果跨过千年时光的浅流，朱裳便是司空图《二十四诗品》中那句"落花无言，人淡如菊"。

后来，我学了心理学，才感觉到，少年时期很多美好想象都是境由心生，没看过猪跑，更没吃过猪肉，把对凤凰的想象都拽到母猪身上了。

我后来开始玩玉，古玉需要搓来搓去，行话叫"盘"。老玉往往难盘，使劲儿盘也要两三年才能精光毕现，特别是和铁呀铜呀尸体呀埋在一起好几千年的老玉。我收了这种老玉，就给朱裳打电话，她手上还是不愿意闲着，需要玩个东西，正好人尽其才。不出六个月，红山的生坑出土器件一定被踩蹦成北京玉器厂去年的样品，从上到下泛着玻璃光。朱裳要是下辈子转世投胎成男孩，一定是个反革命手淫犯。

下课铃响了，我发现数学老师大门牙上沾的那片韭菜叶子不见了，桑保疆的脑门上多了一片韭菜叶子，大小一致，形状相同，在阳光下亮晶晶油绿绿的，泛着生坑玻璃光。

第二十四章
永延帝祚

我一觉醒来，大吼一声："大梦谁先觉，平生我自知。"想起过去"创作"这首打油诗的诸葛亮，在那个叫南阳卧龙岗的地方，种田、读书，钱多的时候叫鸡，钱少的时候手淫，觉得自己生不逢时。

那时候，不用念那么多年的书，尤其不用念数学，只要有派儿，脸皮厚，能臭牛×，熟读前四史和《战国策》，会说些诸如"天下合久必分，分久必合。机会和挑战并存"之类着三不着四的屁话，坚持几年，就成了谋士。再加上一两个胳膊粗、嗓门大、逞凶斗狠、敢剁自己手指头、号称不怕死的。再加上一伙对社会充满不满的群众。最后出来一个不知道自己吃几碗干饭的自大狂，说自己是龙是太阳是上天的儿子，振臂一呼，就是一场战斗。万一成事了，得势了，一吉普一吉普的大车、二车、女特务、翠儿就不用提了，就算是朱裳这样的，全国这么多人，总能找着十个八个，平时养着用，战时，撒出一个就能干掉一个董卓和一个吕布，加三千分经验值。就算找不着，抓来一批顶尖的科学家，从小爱读《十万个为什么》的那帮人，农贸市场买点猪肉，化工商店买点试管，做几个朱裳，做不出来就砍头，张国栋主持研究工作，刘京伟主持砍头等思想工作。做出来之前，还能抓几个画家，我来描述，他们来画，总能画出几幅形神俱似的。我已经想出了招募口号："是孔明就要论天下，是关公就要舞大刀。"刘京伟和张国栋听到，一定会加盟，老流氓孔建国听到，一定会加盟，这就是文字的力量。

早上第一节课就是数学，该讲解析几何了，数学老师要是不瞪起三角眼，把自己当辅助线添到黑板上才是怪事。我感觉无聊异常。

屋外，汽车轰鸣而过的间歇里，黄鸟的啼叫婉转悠扬。阳光的手伸进窗户，细致而耐心地抚摸我露在被子外边的脸。没有风，国槐、侧柏和提笼架鸟的退休大爷们一起，带着傻呵呵的表情一动不动地接受太阳的抚摸。冬天里这么好的太阳不能拒绝，仿佛朱裳有一天忽然张开双臂，小声说"抱我"，我一定会像标准色狼一样恶狠狠地扑上去的，这个场景我练习过好几百遍了。

我决定逃学。

像平常上课去一样，我收拾好大书包，到二层父母的房间胡乱塞了几口早点：豆浆和馒头加芝麻酱、白糖。

"我上学去了。"

"再吃几口。"老妈说。

"数学课要迟到了。"

剩下的豆浆和馒头加芝麻酱白糖，老妈一定逼着老爸都吃光了。老妈这种习惯养成于缺衣少食的六七十年代，当时吃的缺少养分，只能靠量补，所以要多吃再多吃。后来到了二十一世纪，老妈无视饮食结构的变化，继续填塞周围的家人，我老爸是她唯一长期抓得着的人，可怜的瘦老头很快得了高血脂和糖尿病，一泡尿能招来好些蚂蚁，过去住胡同的时候，我爸一上厕所，全胡同的蚂蚁都跟着去，黑压压一片在我爸身后，可壮观了。

我背着书包漫无目的地沿着中纺街往西走，将脚尖碰到的所有石子和冰棍纸踢开老远。

饴糖厂的臭味还是浓重。那是一种难以言传、难以忍受的甜臭，刚开始闻的时候，还感觉是甜的，很快就是令人想吐的腻臭，仿佛乾隆到处御题的字。与之相比，我更喜欢管理不善的厕所的味道，剽悍凌厉而真实厚道，仿佛万物生长着的田野。我对蜷在我被窝里的姑娘说，我刚才放了一个臭屁，拨开各种香精的虚伪，我好像到了庄稼生长的大地，感觉真实。姑娘说，以后这个量级的屁，麻烦你上厕所，我现在性欲全失，你的屁是不是你防止失身的武器？

我从小喜欢各种半透明的东西：藕粉，糨糊，冰棍，果冻，玉器，文字，皮肤白的姑娘的手和脸蛋，还有高粱饴。

但是自从知道饴糖厂能冒出这种臭味之后，我再也不吃高粱饴了。饴糖厂旁边是中国杂技团，不起眼的一栋楼，从来没有看见有演员在楼外的操场上排练，可能演员们也怕饴糖厂的臭味吧。我们上课的时候，总觉得杂技排练应该是充满风险的事情，时不常就该有一两个演员从杂技团的楼里摔出来，打破窗户，一声惨叫，一摊鲜血，一片哭声，然后我们就跑下教学楼去凑热闹，然后救护车呼啸而至。但是，高中三年，这种事情一次都没发生。

杂技团北边是假肢厂，做胳膊、腿之类的，塑料的、硅胶的都有。刘京伟硬逼着我和张国栋晚上翻墙进入假肢厂的仓库，偷了好几条胳膊和大腿。"积谷防饥，"刘京伟说，"常在江湖漂，哪能不挨刀。今天是你，明天是我，像老流氓孔建国那样苟且善终的能有几个。这些胳膊大腿虽然不太吉利，谁知道哪天你我就用得上。"刘京伟说这话的时候，意色萧然，还用了不少成语，正统的科班教育还是有潜移默化的作用。我和张国栋互相看看，都忙说："你留着用吧。你全都留着用吧。"回到我的房间一看，发现错拿了两条女人的大腿。以为是大号的男人胳膊，黑灯瞎火的，就拿回来了。刘京伟很大方，说："秋水，你瘦，你留着用。"我说："张国栋也瘦，留给他用。要不你以后需要换胳膊的时候，就换上这两个女人大腿。再打架，如果是比你瘦的色狼，以为你一个左勾拳，其实你是一个撩阴腿。如果是比你壮实的色狼，以为你两腿之间是美好的阴户，其实是你强壮的头颅。百万人里，也就有一两个人能打得过你，西山的大法师也打不过。万一要是遇上你打不过的，你也不急，你四足着地，你就是人头马，人头马一开，好运自然来，你发足狂奔，北京吉普也追不上你。"

杂技团南边是三里屯汽车配件一条街，北京街上被偷的车都在这里变成零件，然后一件一件卖掉。我们和这里的坏哥哥们都很熟，刘京伟的理想就是加个磅，参股开个汽车修理和配件店。刘京伟爱车，特别是一种叫作悍马的吉普，像卡车一样大小。我和张国栋一致认为，只有小鸡鸡的男人才会爱上那种车。鸡鸡不小的男人，开上这种车之后，鸡鸡也会变小，因为用进废退。刘京伟后来盘踞安徽，成为民营企业家造车的先驱。"这个生意太好赚了，四个轱辘，围一圈铁皮就能跑，就有人抢着买。"刘京伟在电话里兴奋地对我说，那之后一两个礼拜，他就被奸杀在自己旗下五星酒店的浴缸里，浴缸里撒满了玫瑰花瓣。

老流氓孔建国的修车摊子就在三里屯北街和南街的交会处，当时还没有那个巨大扎啤杯子形状的售货亭。他一点也不上心生意，我去找他玩，他就问我："你看我这'修车'两个字写得怎么样？别撇嘴，名家的手笔，行楷，虽然没有启功、舒同有名，但是其实功夫高出很多。我坐着等活儿，挡着'车'字，旁人只看见这个'修'字和'修'字之下的我，有天一个大和尚路过，问我修什么，以为我在修身养性。还有两个学中文的老外，问我想不想和他们一起去做行为艺术。让我什么都不用改变，还是这'修车'二字，还是我这张脸和工作服，他们俩都脱光了，一人装作前车轱辘，一人装作后车轱辘，我用改锥修理他们。"老流氓孔建国要是上心生意，早就招呼我们把图钉从工人体育馆北门一直撒到朝阳公园南门了，而且要路两边都撒。

老流氓孔建国有个打气筒，锃亮，打气手柄两端还镶了西汉老玉剑首，玉色青白，红褐色沁，古意开门。平时藏着，谁也不借，只有漂亮的小姑娘来打气，他才拿出来，自己不打，让小姑娘打，自己点一根"大前门"烟，看小姑娘在阳光中微风中细雨中奶上奶下臀起臀落，然后再把打气筒善而藏之。老流氓孔建国说，他看看姑娘如何打气就能断定其人品好坏、是否宜室宜家，我以后有了女朋友一定让她来这里打气，老流氓孔建国答应给免费鉴定。后来骗了翠儿来，老流氓孔建国气筒子都忘了收了，在阳光里微风里细雨里说是神品，嵌了老玉的气筒子扔在土路上。朱裳眼睛好，离三十米看见他的修车摊，嘟囔了一句："老流氓。"然后就拉我到别处打气了。

朝阳医院门口的水果摊生意兴隆，病人平常吃不着的水果得病之后都吃着了。一两个看摊的发小瞅见我，老远地打招呼："土鳖，又被老师赶出来了？"

"老师让我帮你盯摊,让你回去补课,从初一补到高三,然后让你参加高考。"板车上有香蕉、橙子、苹果、厚皮的冬季西瓜,都贴了一个外国字的椭圆标签,冒充巴拿马进口。我从板车上挑了一把品相最好的香蕉,撅了两根,剥了皮吃。

"你这么撅,剩下的让我怎么卖呀?"

"不是有那么多善良的群众吗?告诉他们,这把是最新鲜的香蕉,刚从你们家在巴拿马的后花园摘的。不信,撅的痕迹还没老呢。"

"那你也别在大马路上这么吃香蕉呀。瞧你的吃法,一口嗑下去,小姑娘看见会难为情的。要是真闲,晚上来打麻将吧,赢光你最后一条内裤,逼你撅下自己的香蕉。"

才早上八点多,透过玻璃窗望去,利康烤鸭店里空无一人。伙计们正忙着将一筐筐的去毛鸭子从小货车上卸下来。街北的工体旱冰场静寂凄冷,没扫干净的煮玉米皮和冰棍纸在没风的冬日里直挺挺地躺着,全然没有节假日小混混、小太妹们吆五喝六呼朋唤友纵横驰骋的欢闹景象。翠儿旱冰滑得可好了,正着滑、倒着滑、侧着滑都会,跳起来转个圈落下来还能微笑。她穿件紧身夹克衫、牛仔裤,显得腿无比修长,头发用皮筋系起来,在脑后形成马尾巴,前面露出大脑门。翠儿一定要教我滑旱冰,我说没有比我更笨的了。翠儿说,就喜欢教笨人,教聪明人有什么意思。我说,我怕摔,怕摔了之后疼。翠儿说，你可以牵着我的手，你哪儿疼我可以帮你揉。我管姐姐借了她练习排球穿的护膝和护肘，没有护头，我戴了一个老爸的羊卷绒帽子，护耳放下来，带子在下巴上扎紧。我穿戴整齐，傻子一样站在旱冰场里，脚下是带轮子的旱冰鞋，和我常穿的片鞋不一样，这个地面不是我的。翠儿右手牵着我的右手，左手搭着我的腰，教我怎么动腿怎么动脚，周围呼啸而过的小流氓们羡慕得眼珠子鼓出来，像是一条条的金鱼，哈喇子流到嘴外边时间长了冻成冰碴儿。几年以后，翠儿报考了电影学院。她功课一般，没力气当运动员，没关系当空姐，所以决定当演员。考演员要考声乐、形体、台词、表演。初试简单，群体表演，题目是火车车站，二十几个人一拨儿，各自搔首弄姿。翠儿在几千人里都能素面朝天，这二十几个人根本不是问题，考官再傻也几眼看出，谁是卖茶鸡蛋的，谁是野鸡，谁是真正戏坯子。二试要求各用十分钟，表演一种人和一种动物，翠儿说，我还是表演我熟悉的吧。翠儿先表演了一种人：美人，具体形式是，叫最资深的主考官过来给她倒了杯茶，然后慢慢喝了十分钟。翠儿后来又表演了一种动物：色狼，翠儿模拟了她所熟悉的张国栋。翠儿的专业考试得了满分。

很久以后，翠儿从电影学院毕业了一阵，打开电视看长了也能见着。翠儿约我在工体见面，天下着雨，我出了计程车就看见翠儿打着伞站在旱冰场门口。

翠儿说："我要走了。"

我问："去哪儿？"

翠儿说："去非洲。"

我问："去演戏？"

翠儿说："去嫁人。"

我说："我请你吃利康烤鸭吧，就在旁边，非洲没有。"

翠儿说："抱我。"

我两手抱住翠儿，感觉她很小，软得像海绵一样，我两臂一用力，翠儿就缩成小小的一团，仿佛能够装进我的裤兜里。她的头发就在我的鼻子下面，在路灯的照耀下，她的头发上雨珠晶晶亮。我的鼻子刚好架在她头发分际处，左边和右边是一样的油光水滑，虽然感冒，鼻黏膜充血，大脑发呆，还是闻见香气。

翠儿说："还记得我教你滑旱冰吗？"

我说："我还记得什么七零八落、四分五裂、内脏出血之类。"

翠儿说："你要我拿你怎么办？我忘不了。"

我说："把我也带到非洲吧，如果没有烤鸭也没有我，你在非洲的日子怎么过呀？"

从旱冰场向南走走，东岳庙的砖砌牌楼从北边看是"永延帝祚"，从南边看是"秩祀岱宗"，看车老头说是大奸臣严嵩写的。穿过牌楼，再往南走走，就是日坛第一使馆区。街上空荡荡的，树叶都掉光了，还是那几个黑人孩子骑着单车，没牌没铃没技术，横冲直闯，睥睨自雄。我和这几个都挺熟，每次逃学走到这儿，都能碰见他们。他们的单车没有挡泥板没有支子，想动手的时候就把单车扔到路边的枯草地上，然后互相拳打脚踢。他们长着卷毛头，伸出手来，一面漆黑，一面火红。我觉得他们一定听得懂猩猩说话，他们和猩猩的距离比他们和我们更接近。我教过他们一大串北京骂人的土话，他们当时说得烂熟，然后就全部忘掉。我于是借鉴了《诗经》，编成歌谣：

> 你妈×，
>
> 你妈眼，
>
> 你妈穿个红裤衩。

　　他们背了几次后便记得烂熟，每次见到我就问好似的字正腔圆地骂我一通兼充复习，同时坏笑着露出雪白的牙齿。我也学了一串他们的脏话，据说北非亚的斯亚贝巴一带很流行，就是不知道什么时候才能用到。

　　走到雅宝路，我上了一辆44路汽车。没什么人，我在后排找了个座，一屁股坐下。我喜欢后排，路颠簸的时候，起伏最大，好像在骑马。售票大妈恶狠狠地瞪了我一眼。我逃学闲逛累了，肯定要坐44路环线兜二环路一圈，常遇见这位售票大妈。大妈屁大股沉，狮鼻豹眼，脸上一脸横肉，线条洗练，刀刀见棱角，不含糊的剽悍，好像"汉八刀"的含蝉。披一头重发，黑多白少，用橡皮筋胡乱扎在脑后，向上斜支，仿佛铁刷子。售票大妈看我的眼神从来白多黑少，想来她一定也和我们街道大妈一样，是个疾恶如仇的人，明白这个时候出来靠一张月票狂坐车的人不是无业流氓就是逃学的坏学生。路颠的时候，车颠，我颠，大妈的一脸横肉抖着，嘴角微颤，仿佛怀着万分激动的心情等待着下一个吵架机会的来临，心里默念着：来吧，来吧，来吧。不能听广播，不能看书，不能织毛衣，不能自摸，二环路上的街景也早看腻了，骂街是售票大妈唯一的工作乐趣。

售票大妈和我老妈是我见过的最伟大的语言大师。她们和《史记》《世说新语》、唐诗、宋词共同构成我的文字师承。

其实我教黑人兄弟的好些语言都是从这位大妈处采集来的。我亲眼看着售票大妈把一个东北大糙汉子恶心得面红耳赤，毫无还口之力：

"让你掏票，你就掏。别老跟我斗贫，别老告诉我你有票。你说前几站我卖给你了，你知道我一天要卖出多少张票，一年卖出多少张票？你怎么就那么特殊，就认为我一定能记住你的音容笑貌？你把票掏出来看看。我知道你有票，可你得给我看看呀？就是家伙大也得掏出来比比长短不是？"是不是家伙短到一定尺寸就可以免票，仿佛不足一米一的儿童，我不知道。比大小，是按照见女特务的时候比，还是按照自摸之后比，我不知道。

路上车不多，公共汽车欢快地在二环路上开着。吸入鼻子的空气冷而脆，刺激起脑海里沉睡得很深的东西。我厌倦把那些考试后注定会忘掉的东西塞进自己的脑袋，更拒绝像老师希望的那样因为自己的这种想法而感觉耻辱。到了现在这个年代，用课本考试成绩的好坏来评价一个学生，就像根据一顿吃肉包子的多少来选拔英雄一样荒唐。决心当学者的人应该读尽每一本撞进手里的书，立志做大众情人的少年应该对每一个进入眼帘的姑娘微笑。冰岛的首都是雷克雅未克、"安史之乱"是因为税收政策不对还是因为杨贵妃的胸脯长得太大了与自己到底有什么关系？

因为车迎着日头开，阳光包着身子，人暖洋洋的，半睡半醒。儿时的游戏规则写在一张浅蓝的纸上，冬天的空气脆而冷，公共汽车卷起的尘土飘浮在车的周围，车子起伏，像只大船，产生一种不真实的感觉。到了西二环，挤车的人开始增多，让我想起夏天逃学坐车的情景。天气很热，人们都穿得很少。身后是一对大大的乳房顶着腰眼，面前是肥硕深奥的臀沟，下体突然硬了起来，一切毫无道理。车不停地摇晃，身前身后是不停的摩擦。我咬牙坚持到停车，身后的大乳房冲我一笑，眉眼仿佛大车。面前的肥硕深奥的臀沟冲我一笑，眉眼仿佛女特务。我勉强支撑着走出车门，脚落地的一瞬间，我第一次感到了那种我黯然神伤的战栗，从尾骨到头顶百会，一起发力，头脑失去控制，下身一片冰凉。现在的空气脆而冷，就在这种天气里，一个案件发生了重大的转折，好人坏人正义邪恶变得混沌不清，各种关系纠缠在一起，不是案件，而是一个阴谋。女孩作为一个整体在这个阴谋里起的作用极其重大而微妙，朱裳的意义更加隐涩。朱裳仿佛可以在某种时候改变时空的连续性，转瞬间，这辆公共汽车成为南瓜马车，车上的铜质铃铛叮叮作响。二环路上的楼群像积木一样倒塌，废墟间长出齐腰高的荒草。我感到我和朱裳之间将要发生的事件会帮助我完成对经卷的重新书写，我对这个事件的性质和所有细节充满深深的恐惧。

"雅宝路到了，闲逛一圈了，你爸妈也该下班回家了，该下车回家了！"售票大妈恶狠狠地瞪了我一眼。

第二十五章
《十八摸》

第二节的下课铃响了，十点钟，是课间操的时候了。

大大小小的男生女生从各自的教室走出来，会聚到操场上。课间操是个机会，女生可以展示新衣，男生可以展示新鞋。

好像忽然一夜间，所有男生都想有一双名牌运动鞋，耐克、阿迪达斯、彪马……仿佛一双名牌鞋能添无数牛×和小女生的目光。在之后的进化过程中，男生变成男青年，中年男子，老头，这双名牌运动鞋也随着变成名牌手提电脑和名牌山地车，一米七八一头长发的妖艳女友和宝马Z3以及郊区豪宅，一米六〇柔腻软滑的十八岁女孩和明紫檀木画案以及半米长的红山玉龙形钩，但是，给予不同阶段的男性生物，同样的渴望、困扰、狂喜和无可奈何。

刘京伟是个头脑灵活但是无比简单的人。他短暂的一生都在追求牛×。不同阶段，追求不同的牛×，所有追求到的牛×加总就构成了刘京伟短暂而牛×的一生。

最早，除了从国外直接带回来，只有王府井的利生体育用品商店卖耐克运动鞋。刘京伟很快计算了一下，他再省吃俭用，十年不吃怪味豆不抽烟，也攒不出小一百元钱去买正牌耐克鞋。所以决定增加收入，卖他爸藏在床底下的法制文学杂志和黄色画册。刘爸爸是他们那一代人的杰出代表，出身贫苦，被党解放，由于大脑发达，考入清华电机系，入团入党，很快成为骨干。四十岁前，唯一摸过的姑娘是刘妈妈，刘妈妈从不叫床，刘爸爸就认为叫床不存在。唯一会背的旧体诗词是毛泽东诗词。四十岁以后开始领特殊政府津贴，开始精神空虚。那时候，绝大多数反动淫秽思想以法制文学的形式出现，刘爸爸为了了解并批判各种流派反动淫秽思想，购买收集的法制文学堆满了床底。刘京伟偷着看过，也给我偷拿出来看过，我对其中一期《啄木鸟》印象特别深刻，里面很正面地描写了香港的资本主义，说是有夜总会等夜店，有姑娘陪你喝外国酒唱邓丽君等人的不健康歌曲，更有甚者是一种叫"无上装"的夜总会，陪侍的姑娘不怕寒冷，统一不穿上衣，祖胸露乳。我和刘京伟、张国栋在防空洞里反复讨论过这种"无上装"夜总会的所有可以想象到的细节：如何保持室内温度，如何应付警察，如何装修，如何进洋酒，如何提供怪味豆等小吃。刘京伟后来将这些思考全部用于实践，根据我们的讨论结果撰写的商业计划获得各利益方老大的好评。刘京伟避开中国一线城市，在二线城市开了好几家夜店，规模扯地连天，一方面为城市化做出了很多贡献，一方面自己日进斗金。我和张国栋早期智力投资得到的好处是一辈子个人消费免单，带来的朋友一律六折，我俩的脸就是免单卡。但是刘京伟没过两年就死了，我和张国栋都没想到，一辈子可以这么短，我们俩的脸一下子不值钱了。这些都是后话。

刘京伟拉着我和张国栋卖他从刘爸爸床底下偷出来的法制文学，都装在刘京伟的地质包里，就在邮局报刊门市前摆摊。刘京伟负责吆喝和收钱，张国栋是托儿，装着翻杂志走不动道儿，谁犹犹豫豫不知道该不该掏钱，张国栋就说"还不快买，你不买我买"。我的任务是护场子，有人偷书就一把抓住，有人捣乱或是老看不买，踢他们屁股。刘京伟是这么吆喝的："上海十七岁女学生被先奸后杀查验尸体乳房消失啦。北京青年男子大年三十性要求遭拒绝残杀女友抛尸马路啦。重庆六十岁老太太举行人体摄影展啦。"邮局报刊门市没了生意，两个小时之后出来两个小丫头，一脸怒气，本来想把我们赶走，但是看见我们剽悍的眼神和摊成一片的凶杀色情的法制文学以及地质包上别着的地质锤，什么话都没说，买了两本描写色狼的杂志就走了。第二天，刘京伟请我和张国栋在朝阳门外的桥头酒店吃五块一斤的三鲜饺子，他吃得很少，两手抱着他新买的白地蓝钩高帮耐克鞋，那双鞋用鞋带穿在一起，挎在他脖子上，左脸边一只，右脸边一只，每只都比他的脸大，比他脸白。刘京伟两眼望着天花板长久沉默，他忽然说："牛×，牛×啊。"

后来，刘京伟的激素水平发育到觉得有个妖艳女友是牛×的。刘京伟对我说："我没有你会臭侃山，没有张国栋长得清秀。我怎么办呀？"我说："总有办法的。"张国栋说："再生一回吧。"刘京伟说："张国栋你闭嘴。只要我活着，就会比你牛×。你再清秀也是一堆清秀的狗屎。我和秋水说话。秋水，你有一点我特别佩服，你的自制力极好。你一个人待的时候该看书也看书，该修炼你的文字就修炼你的文字。我也要在一个指定的方向上使力气，我也要修炼。"他于是修炼了一身腱子肉，条条块块，是姑娘都想摸。他冬天也穿紧身短袖，像个脱了皮的蛤蟆。为了长肌肉，他每天不吃饭，用最短的时间喝二十五个生鸡蛋。他最怕提"鸡"，他一听"鸡"就想起鸡蛋就想吐。他的手下说"鸡"，他就骂他们粗俗，刘京伟："应该叫'小姐'。"张国栋问刘京伟，这样练，家伙也跟着变大吗？刘京伟说，不是，反而缩小，因为血都充到其他大块肌肉上去了。张国栋说，那我就不练了。我说，锻炼不同肌肉的道理是一样的，就是反复充血，你应该多看黄书，但是要保持不溢。张国栋说，自摸行吗？刘京伟看了看我，我们同时说，行，可你丫能保持吗？

后来，刘京伟为了泡妞买了个大奔，车牌上的号是"5555"，说一定要牛×，比所有停在中央戏剧学院和北京电影学院门口的奔驰车身都长屁股都大。他刚提了车就开到我学校找我，说张国栋在济南拍戏，咱们开车去接他吧，山东路好，不遇到车匪路霸和抓超速的警察，没有五个小时就到了。有些日子，我根据刘京伟车里的香水味道，判断他多长时间换一个女朋友或是在同一时间和几个姑娘在胡搞。除了一米七八一头长发，刘京伟其他的要求还有：上过八大艺术院校或是在读，出身最好是知识分子家庭，不能骂脏字比他还溜。张国栋问他为什么一定要一头长发。刘京伟说他不喜欢做的时候看姑娘的脸，喜欢在后面，牵着头发，好像骑马。我们喝酒之后，刘京伟都要将喝醉了的人一一送回家，刘京伟不知道什么是醉。那天，一个女舞蹈演员一个个电话每隔十五分钟打来，刘京伟一次次说再有半小时就去接她，然后还是将喝醉了的人一一送回家。女舞蹈演员最后一个电话说："已经夜里两点了，你也别来了，有别人接我了。"刘京伟说："好。"放下电话说："你妈。"这些姑娘不懂，刘京伟要的是什么。

再后来，刘京伟的大奔里没有姑娘香水味了，刘京伟欢快地对我说："你知道现在最牛×的是什么吗？是雇哈佛大学毕业的MBA。我把姑娘们都打发了，雇了三个今年刚从哈佛大学毕业的MBA。一个原来是人民银行的，一个原来是华尔街的，一个原来是中化的。每人一年十万美金，包吃包住，还比包姑娘省钱，但是更牛×。他们英文说得可好了，跟大眼儿金鱼吐泡似的，我都听不懂。还会用电脑，Excel，叭叭一算就知道我三年挣多少钱，叭叭再算就知道我值多少钱，我这辈子都不知道自己值多少钱。牛×吧？"

还没等到我带他去翰海拍卖会看半米长的红山玉龙形钩，刘京伟就死在浴缸里，所以他人生最后的牛×是雇了三个从哈佛大学毕业的MBA。

我们中学的操场朝东，迎着太阳，有十几棵高大的白杨树。一男一女领操，站在领操台上，表情庄重，动作标准，在音乐声中带领大家做广播体操。领操是个要求很严格的任务，动作不好，长得不好，思想不好都不行。我们中学的领操员里，出了好几个歌星影星体育明星，张国栋老说，谁谁谁和谁谁谁的屁股是我从小一天天看着大起来的，现在牛什么。翠儿从非洲写信来，说她没能在中国混成大明星，都是因为跟我和刘京伟、张国栋等人混在一起，所以教导主任认定她思想不好，所以没能当上领操员，所以形体训练的幼功薄弱，所以新锐导演看见她除了想上床没有其他创作欲望，所以没有扬名立腕儿，所以没能老大嫁个中国大款。总之，她的一辈子都是我害的，我欠她一打儿中国大款。这是后话。

由于女生个子矮，被安排在男生前面，这使我们大感宽慰。

这时间的男孩，疯长。疯长的东西大多粗糙，这时候的男孩没法看。从儿时拖起的鼻涕还没有干，不软不硬的胡须就从嘴唇里蔓出来。仿佛惊蛰一声雷后，各种虫类纷纷开始骚扰人类，不知哪天身子里一声惊雷，五颜六色的疖包从脸上涌出，红的，白的，黄的，紫的，夺人眼目。在雨后的竹林，可以听见竹子拔节的声音，这时候的男孩，有时一觉儿醒来，会发现裤子短了一截。所以这时候会过日子的妈妈们拒绝给儿子置办任何体面的行头，于是难看的人与难看的装备得到统一。相反，女孩子们却一天天莹润起来。春花上颊，春桃胀胸，心中不清不楚的秘密再将周身笼罩神秘。所以这时候的妈妈们一面暗示女孩男人的凶险无聊以及自己要洁身自好，一面教导女儿对颜色的品位以及衣服搭配作为将来勾引男人的理论指导。这时候的女孩个个可看。即使最丑的姑娘也有动人的时候。

　　我和刘京伟、张国栋站在后面，前面是十点钟的太阳，一排白杨树，和十几排女生。音乐响起来，太阳光洒下来，风吹过来，女生们的胳膊抬起来，腿踢起来。早晨的阳光透过她们的头发，头发变成红褐色的，阳光透过她们的身体，身体变成隐约透明，只有肌肤的部分更透些，有骨有肉的部分更暗些。仿佛强光透射下的红山古玉，最透的是青黄的原玉质，然后是玉质里隐白花，然后是粉笔状钙化，然后是蛀点和蚀斑。后来的后来，我在老流氓孔建国的教导下玩玉。老流氓孔建国说："你早上睡醒之后，摸摸下体，如果已经不是一柱擎天了，说明你的真阳已经不足。有些人在三十发现，有些人四十。这时候，你对真善美的兴趣就应该从姑娘转到玉。处女是新玉新工，贼光扎眼。二十几岁是清初件，康乾盛世呀。三十几岁是宋元明，'明大粗'。四十来岁是商周古玉，铅华洗尽，没有一丝火气，美呀。玉好像姑娘，也需要陪，需要珍爱，需要一日三摸搓，可以戴，可以显摆，可以放进被窝儿。玉比姑娘好，不离不弃，不会逼你一夜三举，还可以洗洗留给儿子。算了算了，别老想着朱裳和翠儿了，昨天我在古玩城小崔那儿看见一个商早期的圆雕玉虎，青玉，十多个厘米长，沁色美极了，太少见了，图谱上有片儿的，够上拍卖会进博物馆的。准备几万块钱，咱们明天把它拿下。"我说："是流氓就要有流氓样子，不要摆出文化先锋、摇滚英雄的样子。"我每回想起中学操场上，在阳光照耀下一排排隐约透明的如玉的女生的身体，就想起我初玩玉的时候，老流氓孔建国反复骂我的话："不要老拿你的大油手在玉上摸来摸去，玉会污的，污了就再也干净不了了。真正的盘玉，是戴在身边，用身子煨着，用脑子想着，把你意淫文字的功夫用到这儿来，一两个星期用热水泡一下，用粗白布擦。不要老拿你大油手摸，糟践好东西。"我想不清楚，我上中学的时候，老流氓孔建国为什么没有教给我这些生活的道理，应该像对待玉一样去对待姑娘，不要用我的大油手。或许那时候，他自己也不明白。

张国栋对女生弥散出来的吸引力不满。

张国栋赤裸上身，穿着青黄色的内裤坐在被窝里，内裤的中间颜色更深。他的排骨根根可数，肋间隙随着呼吸时宽时窄，好像一把手风琴。张国栋向宿舍里其他的男生布道："女孩子不过是女孩子，有什么了不起，力气没你大，吃得没你多。周幽王没为她们耍过诸侯，吕布没为她们杀过董卓，特洛伊城没因为她们被烧光，她们的鼻子短到没有，世界历史也不会有一丝改变……"

大家取来纸笔，在张国栋的带领下将上述意思庸俗化就是一首很雄勇的歌：

我们不要音乐要叫喊，

我们不要道理要金钱，

我们不要先生要混蛋，

我们不要女生要天仙。

为什么越用功的女孩脸蛋越苦？

为什么我越想越糊涂？

为什么几千年都过去了，

还没有另一个秦始皇烧干净书？

姑娘你仰头总是绷着漂亮的脸，

仿佛要沾你的一定是个款，

为了心理平衡我想问几遍，

你是否也天天大小便？

歌曲传开后，教导主任四处明察暗访。宿舍楼道窃听，厕所墙壁摘抄，威逼利诱低年级小同学，终于凑齐歌词，兴奋非常，不异于少年时获知《五更调》各唱什么、《十八摸》各摸何处时的激动。随后发誓要找到并严惩词作者，一时未果。

我感觉中，朱裳却一点也不傲，常低了眉，颔了头，匆匆走过夹道，缩进座子。我在朱裳那儿没见到女孩的自得，却见多了男生的无聊和笨拙。脸皮薄些的，感觉自己和别人的谈话可能被朱裳听见，声调骤提，话题马上从公共厕所转到中南海、人民大会堂，一脸庄严肃穆大智大慧。脸皮厚些的直接搭话，有机会就借一两本书，一借一还，两次搭话的机会，另外还多了好些可以探讨的题目。再狡劣些的，把半根火柴塞进朱裳小车的钥匙孔里，要回家了，钥匙越捅越紧，塞火柴的人便跳将出来提供帮助并且大骂人心日下，国将不国。如果从小长到大是个电子游戏，游戏里有好些凶险的大关卡，最早是如何应对父母，如何和兄弟姐妹相处，如何和发小一块儿玩耍，然后是如何对付摆在你面前的像朱裳这样天生狐媚的姑娘，如何对付教导主任和数学老师，然后是每个人都有的老板和老婆，然后是整日呼啸的小孩、父母的老去。面对朱裳这个题目，我们没有一个男生答对了。有些人给自己一个借口，反正也试过了，有些人索性忘记了，有些人找个眉眼类似的，反正没人知道正确答案，所有人都在游戏里过了关，可能编游戏的人是个逻辑不清的人吧，很少较真。

我相信，早生千年，吕布会为了朱裳把丁原或是董卓细细地剁成臊子，然后包在荷花叶子里。

在书里倦了，合上书，找个晦涩的角度看朱裳，我觉得明目爽脑，仿佛夜里读书累了，转头细看窗子里盛着的星星。过去没有电视和互联网，我们和古人一样，看自己的身体，看天空的星星，看同桌的姑娘，在简单中发现复杂的细节和普遍的规律。

初到这个班上的时候，朱裳的短发齐耳，现在，已飘然垂肩了。她的头发很黑很细很软，上自习的时候，张国栋偶尔一定要占我的座位，我就坐在朱裳后面，透过她发丝的间隙，可以看见摊在她面前的物理书上的滑轮和杠杆，就像春天，透过雨丝，可以看见胡同口撑一把碎花伞、急急走过的姑娘和撑一块塑料布、坚持卖茶鸡蛋和香烟的大爷。我固执地认为，朱裳的头发，是种温柔润顺的植物，目光如水，意念如水，偷偷地浇过去，植物就会慢慢生长，长得很黑很细很软，我听见枝条生长的声音，我闻见枝叶青嫩的气息。后来的后来，我的大油手多少次抚摸朱裳的头发，我无法拒绝这个冲动，我的手的触觉记忆很差，需要无数次抚摸才能记住关于朱裳头发的各种复杂感觉，在白天，在黑夜，在风里，在雨里，在春夏秋冬的组合里，在心情的变化中，甚至朱裳脱了红裙子换上粉裙子，她的头发都给我的双手不同的触觉。我在反复重复的抚摸中学习和记忆，我希望我变成一个瞎子，新东方的单词书我都反复背了十遍，书页被我的油手抚摸得黑亮油光，关于朱裳，我该学习多少次呢？老流氓孔建国关于清晨起床一柱擎天的话是扯淡，如果我的双手抚摸朱裳的头发，我不能一柱擎天的话，是我真的老了。可是，如果我诚心正意，不用真正抱她在怀里，不用真正地抚摸，她的人远在天边，但是我的双手沾满了记忆，伸向虚空，抚摸空气，她就在我怀里，她的头发就在我的手指之间。我在转瞬间一柱擎天，我的真阳充沛，我的气数悠长无尽。我深吸一口气，我可以抓着我的头颅像气球一样飘浮到天上，身子横过来。

后来的后来，我问坐在饭桌对面的朱裳："我要老到什么时候才能忘掉这些记忆？我是学医的，我知道即使失去双手，双手的记忆也还是在的。"朱裳说："你跟我说过，不许我头发剪得太短。你看现在的长度合适吗？每次去理发店洗头，小姐都说，这么好的头发，剪剪吧，染染吧，我都说不行，一个叫秋水的人不同意。前几天头发有些分叉，我去修了修发梢。"她的头发依旧很黑很细很软，飘然垂肩。

第二十六章
东三环上的柳树

一天，张国栋背了个鼓鼓的军挎，拉我到没人的宿舍，贼兮兮的，像个刚盗完古墓马上拿了随葬的金缕玉衣跑到古玩城卖给不法商人的盗墓贼。张国栋打开军挎，将里面的东西堆在我面前，一片肉光灿烂。

"四本最新的《阁楼》，一本《花花公子》精选。你做朱裳同桌也有些日子了，也有些日子没看毛杂志了吧？你两本旧杂志和桑保疆换了座位，我五本杂志和你换，你赚大了。"张国栋说。

"你哪儿弄的？"我问。

"这你别管了，反正不是好来的。别想了，你看看这照片，丫眼睛是绿的，露毛的，金色的，见过吗？别想了，赶快帮我写换座位申请吧。"

"我不换，你杂志就不给我看了？"

"不给。没这事儿，我当然给你。现在是做交换，如果答应不换也给你看，你反正能看到，你怎么会答应换呢？"

我从枕头底下拿出来藏着的一包大前门，反锁了宿舍门，点上一根给张国栋，自己再点一根。我坐在我床铺前的桌子上，向张国栋表白，希望他能理解：

　　"我坐在朱裳身边，如果天气好，窗户打开，风起来，她的发梢会偶尔撩到我的脸，仿佛春天，东三环上夹道的垂柳和骑在车上的我。"我看着张国栋，接着说，"你明白我的意思吗？"

　　"我明白了。"张国栋收起书包，"杂志你先看吧，借你的，不是送你的哟。我回教室自习了，听说胖燕新穿了件红上衣，有凤凰图案的，我去看看。"

　　后来的后来，张国栋当了导演，也写剧本，他主拍电视剧，偶尔拍拍电影，凶杀色情，宫闱秽事，名人隐私。我有一阵崇拜香港才子胖子王晶，我送张国栋一个外号叫"烂片王"，希望他比王晶更烂，希望他能喜欢，一高兴介绍几个上他戏的小明星和大喇给我认识。有一个东北来北京漂的大喇，长得有些像大车，脚上也戴镯子，我尤其喜欢。她演戏充满使命感，一上镜头就端足架子，眉眼倒立好像唱样板戏的，肩膀耸立好像橄榄球运动员。外号开始叫的时候，张国栋很沮丧，说他骨子里是个艺术家，他老婆也是因为这点才看上他，不是因为他赚钱的潜质。现在拍烂片是生活所迫、社会所需，不要叫他"烂片王"，叫多了，就定了性，无法更改。张国栋说，他还记得我面对黄色杂志的表白，记得东三环上夹道的垂柳和朱裳的相似，这个意象对他很重要，等他挣够了钱，他一定写个关于这个意象的本子，然后拍个不赚钱的片子。其实，张国栋想过扎刘京伟的钱，拉着我请刘京伟在西华门附近的高档茶馆喝茶，那天小雨霏霏，张国栋说，"江雨霏霏江草齐，六朝如梦鸟空啼"，他希望刘京伟在故宫脚下能感受到金钱和权力的虚无，喝多了尿急，就答应出钱了。展示茶道的女孩白地青花布衣，点茶手法繁复准确。刘京伟把登喜路牌的大款手包放在茶几上，对小姐说，甘肃的吧，原来练过魔术？不等小姐回答，转头问张国栋，要拍的电影挣不挣钱？张国栋说，不挣。刘京伟问，是公益事业吗？张国栋说，不是，至多为了张国栋和秋水。刘京伟问，女一号跟我睡吗？张国栋说，设计中的女一号是有气质的姑娘，不睡流氓。刘京伟问，我能演男一号吗？张国栋说，不能，设计中的男一号是有追求的小伙子，不是流氓。刘京伟一口喝干张国栋点的顶级乌龙，说，你妈。张国栋，这么多年了，你对我的评价怎么还这么低？我傻呀？我投这种钱？你妈。后来，张国栋的古装电视剧火了，央视和各省卫星台轮流播，我当时在美国，唐人街上的录像店里都有的出租。我问店主租得好不好，店主说黑人最喜欢租，里面有几个皇上三妹冲澡、进被窝的半裸镜头，反复看，黑人说，没见过这么小的，太神奇了。张国栋非让我拿了相机，求录像店主一手拿他片子的录像带，一手跷大拇指，再十块钱雇两个大老黑一脸淫笑站在旁边，背景是挂了美国国旗的麦当劳店。我连照了十张照片，寄给张国栋，还告诉他，我老妈很崇拜他，她在美国不能成为方圆十里的社会活动中心，憋坏了，除了看电视剧录像就没有其他消遣了，我老妈总想知道张国栋片子里的少年英雄到底娶了皇上的三妹还是吕四娘，却死不愿意提前看最后一集大结局。张国栋回信说，我老妈才是他们的梦幻观众，他和我这种不看电视的人不共戴天，有代沟。张国栋还说，北京又是春天了，东三环上的柳树也绿了，他的闲钱攒得差不多了，不用刘京伟的钱也够了。

那天晚上，张国栋给我打了个电话，说他在写他一生的梦幻剧本，问我要不要扒开伤疤，重念旧情，和他一起写，在荧幕上挂个名。

第二十七章

心坎

在张国栋摊了一堆黄色杂志，和我交涉换座位之后，他时常找我聊天。话题总是围绕女人，特别是关于朱裳。在我漫长的求学过程中，男生和男生之间时常进行这种交流，题目多数是关于女人，偶尔涉及考试和前程。如果把考试的定义扩大，女人也是考试题目，我们长久地讨论，以期充分理解题目，上场的时候争取马虎过关。刘京伟从来不参加这种讨论，他说我具备一切成事的素质，只是想得太多。刘京伟不喜欢念书，不喜欢考试，他喜欢他的一切都是标准答案。刘京伟通常采取的态度是："我就这么做了，怎么着吧？"他看见我茫然不解，就举例说明："比如你喜欢一个姑娘，就按倒办了，丫不开心，就弄，就走。如果心里还是喜欢，下次再遇见，再弄。"我说这些道理太高深，无法顿悟，我天分有限，不念书不考试就无法懂得。刘京伟预言，他都死了，我的书还没读完。刘京伟一语成谶，我参加他的葬礼的时候，关于卵巢癌发生机制的博士论文才刚刚写完初稿，答辩会还没有安排。

校园里靠近饴糖厂的角落最黑，八九点钟之后，熬饴糖的臭味散干净，隔着操场，对面的白杨树在月光下闪着白光。张国栋把我拉出来，自己掏出一支烟，熟练地点上：

"别老念书了，出来聊聊。"

"聊什么？"

"你觉着咱学校哪个姑娘最心坎？"

"没一个个抱过，不知道。"

"不要那么直接嘛，谈谈表面印象。"

"姑娘又不是阿拉伯数字，不具有可比性。玫瑰好看，做汤肯定没有菜花好吃。"

"那聊聊朱裳？"

"她怎么了？"我望着缕缕的青烟从张国栋口中盘旋而起，我顺着青烟抬起头，天上有颗流星飘落，滑过夜空，坠落到无名的黑暗中，仿佛开败了的花朵断离枝条，坠入池塘。千年前坠楼的绿珠，千年后自己斟酌良久却仿佛不得不割舍的某种心情，不都是同一种美丽而凄凉吗？

"她怎么样？"

"挺好。"

"具体点。"

"干净。"这个角落被几棵壮实的白皮松拥着，即使在冬天也没有风，不太冷。不知道这个角落里曾经有过多少男女相拥在一起，刚开始练习，没有人指导，接吻的时候，不会用嘴唇和舌头，牙齿碰撞，发出"嗒嗒"的声响。

"只是干净？"

"你以为干净简单？我觉得你张国栋让女孩感觉舒服，你以为这'舒服'二字简单？"

"就是呀，我这种气质，很难培养的，每周都要洗澡，每天都要刷牙。还有，要看书，多看书，'腹有诗书气自华'。还有，要多思考，否则就肤浅了。绝不简单。但是朱裳的干净，值好几本《花花公子》吗？说实在话，我把杂志跟你换座位，只是好奇。那几本杂志也不是好来的，给你就给你了。可一开口就后悔了，生怕你同意。这不，那几本杂志换了好几条烟。"

"值。我觉得值。"

"不想追追？带到你的小屋里，看看她长什么样？通知我啊，你先看，我先煮面吃。你看完，我再看。"

"追她的人已经够多的了。我不喜欢锦上添花。"

"就是。好像是个男的就应该想和她有一腿似的。我都有点压不住邪念了。不过，多点追的才有意思，横刀夺爱，方显英雄本色。"

"夺过来又能怎么样？没什么意思。……还有烟吗？"

"你又抽烟？不是戒了吗？"

"第一支。"

"持续学坏是一件多么令人兴奋的事呀。可惜不是什么好烟，'红梅'。本来第一支应该是支好烟，就像童男子破身之后通过政治思想学习，再次成为童男子，再次破身应该是个好姑娘，至少也应该和朱裳差不多吧。"

刘京伟和张国栋在抽烟这件事上先知先觉，老流氓孔建国教给他俩，他俩再教给我。在我家，我打开窗，拉上窗帘。

"这还用学，我会。"我说。

"你丫会个屁。"刘京伟打开一包"万宝路"，当时是个稀罕物。右手食指在烟盒底下一弹，一根烟就自己蹦出来。

"点上，嘬。"张国栋很有经验地说，"用两个手指夹住，别太靠前，也别太靠后，烟尖翘一点，万宝路比大前门就这一点好处，点着了不抽也不灭，烟灰能挺得比你家伙还长。其实抽烟抽的就是这个派，在路边一摆，过往的小混混一看，服。路过的小姑娘偷偷一看，装作看不见。秋水，你别跟嚼甘蔗似的，抽一口，吐一口，糟蹋好东西。要吸进肺里，吸进脑子，想一下自己牛 × ，然后从鼻子里慢慢喷出来。"后来我问，抽烟我会了，姑娘怎么泡啊？

"你丫装傻？"张国栋说。

"真不是。打架这事儿我明白，你力气大，一手按住那个小兔崽子，一手举起板砖，问丫挺的：'你丫服不服？'丫说不服，你就敲破他的头；丫说服，你就是牛 × 了。反正，这样就灭了他了。这些，老流氓孔建国都演示过。但是姑娘怎么泡呀？和人家搭讪？然后呢？带到小黑屋？然后呢？脱光了衣服？然后呢？然后呢？"张国栋当时也是百思不得其解，后来他和刘京伟认识了一个家里有录像机的阔少，看了一部越南人拍的《金瓶梅》，回来兴奋地告诉我："然后你就热了胀了，然后你也脱光了衣服，然后你自己就知道该干什么了。和抽烟一样，不用人教。"

现在，烟在嘴里，辛辣上头。仿佛心里满胀的感觉，都能从口里随烟飘走。书之外，还有别的要懂的东西。

我问张国栋想不想听我诗朗诵。"其实我是个写诗的。"我说。

"那我还是个拍电影的呢。"

"别看我长得像个杀猪的，其实我是个写诗的。"

"好。不黄不给钱，声音不嘹亮不给钱。"

我跳起来，开始念一首幼稚的打油诗：

学抽烟为了学坏，

学坏为了学习长大。

学习长大得厌恶爸爸，

再杀死他。

学习长大得爱上妈妈，

再抛弃她。

长大后，我也诗朗诵，但是那一定是在五个小二锅头之后。我不能喝奶，除了酸奶，我缺乏乳糖酶。我能喝酒，喝一杯就脸红，但是百杯不醉，就像我一摸姑娘的手就会脸红，但是脸红后记得说一百篇肉麻的语录。长大后的一天，从我的口袋里赚了无数钱财的玉器店老板送我一个新石器时期的玉石酒杯，通体沁得鸡骨白，碾砣的痕迹都对，局部还透强光。玉器店老板说，别看了，一定是对的，没人要，不挣钱，没人仿。我在东四的孔乙己酒店，用一个新石器时期的玉石酒杯喝小二锅头，朱裳坐在我对面，说："我开车来的，你自己尽兴喝吧。"五个小二锅头之后，我心里的小兽苏醒，我的眼睛烧起红火苗，我问朱裳："最近想我了吗？"朱裳闷头吃腊猪大肠，短暂地抬起头，笑着摇了摇。我接着问："是现在不想说还是最近没想过我？"朱裳从腊猪大肠里抬起头，说："都这么大岁数了，想什么想？"我要了第六瓶小二锅头，接着问："最近想我了吗？"朱裳叫服务员又添了一盘腊猪大肠，说："如果没想，我干吗要见你？"我心里的小兽欢喜，它带领我的双腿，跳上桌子，我的嘴开始诗朗诵："屋外有两棵树，一棵是槐树，另一棵也是槐树。桌上有两盘菜，一盘是腊猪大肠，另一盘也是腊猪大肠。眼睛里两个姑娘，一个是朱裳，另一个也是朱裳。"我站在桌子上，我戴圆眼镜，穿白衬衫，我的眼睛通红，我的肚脐露出来，我没有碰掉一个盘子。

在中学的黑暗的角落，我嘬一口张国栋的红梅烟，吐一口烟，念一句打油诗，就像逐字逐句地读一道选择题的题干。

"你这么抽烟纯属浪费。"张国栋深吸一口烟，吞进肺里，再慢慢地让烟一丝丝地从鼻孔飘出来，青烟曲折回转散入周围的黑暗之中。

"想上就别憋自己。你有戏。"

"是么？"

"她喜欢你。"

"为什么？"

"你喜欢书，读得仔细，你有时候就是你喜欢的书。你能迷上你的书，别人也会迷上你。"

"两个人没事能干什么呢？"我看了眼自己的左手，枯黄干瘦，伸直后在关节之间出现一圈圈皮肤的皱褶，就像酱在熟食店里的鸡爪、鸭爪。这样的手伸出去，应该放在朱裳身体的什么地方才能让她感觉舒服地被自己抱着？

篮球场上还有几个贪玩的男生借着路灯阴黄的光亮在打球。远处隐约能看见一男一女在散步，好像是在讨论一道解析几何题。

"你说别人的事总是出奇地明白，遇到自己的事总是嫩。这事呀，你试试就知道了。就像有些事不用教，上了床自然就会了。再说你没骚扰过小姑娘，也没少被小姑娘骚扰呀，怎么一到朱裳这儿就发木？咱们学校躲在树后面看你的姑娘不比原来躲在山洞里流着口水等着吃唐僧肉的妖精少。"

"要是人家不乐意呢？以后怎么一块儿待呀？"

"就对她说'就当我什么也没说'，我再陪你喝顿酒，以后就当自己什么也没做过。"

我又抽了一口烟，顿了顿说："我没兴趣。"

我想起我的小屋。周末回去，胡乱填几口饭，反锁上门，世界就和我无关了。拉上窗帘，大红牡丹花的图案就把所有光线割断，包括星星。打开台灯，昏黄的光线将满溢在小屋里的书烘暖。书从地板堆到屋顶，老妈说，书上不省钱，想看什么就买什么，读书多的孩子孝顺。书不像古董，不是世家，省省也能请回家最好的。我和我姐姐站在琉璃厂中国书店高大的书架前，我问她，妈给你的钱够吗？我姐姐说，够。我对售货员说，我要一整套十六本《鲁迅全集》和一整套二十五本《全唐诗》。我问售货员，近百年是不是鲁迅最牛 x 了，近两千年，是不是唐诗最牛 x 了。售货员是个男的，剃个小平头，说，如果你要买，当然是你挑的这两种最牛 x 了，册数最多，价钱也贵，《鲁迅全集》六十块，《全唐诗》五十八块五毛。售货员问我，你带够钱了吗？我说，够了。售货员又问，你拿得走吗？我指了指穿着短袖粗着胳膊的姐姐说，我姐姐有的是力气。我和姐姐把十六册《鲁迅全集》和二十五册《全唐诗》放进带来的土红色的拉杆旅行箱，死沉，我们从和平门乘地铁到北京站，再从北京站换公共汽车到团结湖，后来拉杆箱的轱辘坏了一个，后来我们把书抬进了家。姐姐说，作为回报，你读到有意思的东西就摘抄到一个本子上，然后给我做作文时引用。我说，好，看到会心的地方，我就冲你一笑。

我摆开几个茶杯，杜牧、李白、劳伦斯、亨利·米勒就静静地坐在对面。倒上茶，千年前的月光花影便在小屋里游荡。杜牧、李白、劳伦斯、亨利·米勒已经坐在对面了，他们的文字和我没有间隔。我知道他们文字里所有的大智慧和小心思，这对于我毫无困难。他们的魂魄，透过文字，在瞬间穿越千年时间和万里空间，在他们绝不知晓的北京市朝阳区的一个小屋子里，纠缠我的魂魄，让我心如刀绞，然后泪流满面。第一次阅读这些人的文字对我的重要性无与伦比，他们的灵魂像是一碗豆汁儿一样有实在的温度和味道，摆在我面前，伸手可及。这第一次阅读，甚至比我的初恋更重要，比我第一次抓住我的小弟弟反复拷问让它喷涌而出更重要，比我第一次在慌乱中进入女人身体看着她的眼睛身体失去理智控制更重要。几年以后，我进了医学院，坐在解剖台前，被福尔马林浸泡得如皮球般僵硬的人类大脑摆在我面前，伸手可及。管理实验室的老大爷说，这些尸体标本都是解放初期留下来的，现在收集不容易了，还有几个是饿死的，标本非常干净。我第一次阅读杜牧、李白、劳伦斯、亨利·米勒比我第一次解剖大脑标本，对我更重要。我渴望具备他们的超能力，在我死后千年，透过我的文字，我的魂魄纠缠一个同样黑瘦的无名少年，让他心如刀绞，泪流满面。我修炼我的文字，摊开四百字一页的稿纸，淡绿色，北京市电车公司印刷厂出品，钢笔在纸上移动，我看见炼丹炉里炉火通红，仙丹一样的文字珠圆玉润，这些文字长生不老。我黑瘦地坐在桌子前面，骨多肉少好像一把柴火，柴火上是炉火通红的炼丹炉。我的文字几乎和我没有关系，就像朱裳的美丽和朱裳没有太多联系，我和朱裳都是某种介质，就像古时候的巫师，所谓上天，透过这些介质传递某种声音。我的文字，朱裳的美丽，巫师的声音，有它们自己的意志，它们反过来决定我们的动作和思想。当文字如仙丹一样出炉时，我筋疲力尽，我感到敬畏，我心怀感激，我感到一种力量远远大过我的身体，大过我自己。当文字如垃圾一样倾泻，我筋疲力尽，我感觉身体如同灰烬，我的生命就是垃圾。

我对张国栋说："我的屋子太小了，床上的书把我都快挤得没地方睡了。已经放不下别的了。"杜牧、李白、劳伦斯、亨利·米勒已经坐在对面了，朱裳坐在什么地方呢？

"那我就先追了？我可是跟你商量过了。"

"好。需要的话，我替你写情书，送小纸条。如果人家对你有意思，我把座位让给你。"

第二十八章
我是四中的

从现在看来，我和朱裳的关系是由短暂的相好和漫长的暧昧构成的。

在短暂的相好中，我牵着朱裳的手，我们在广阔无垠的北京城行走。北京城，周围高中间低，好像一个时代久远的酒杯，到处是萎靡不振的树木，我和朱裳走在酒杯里，到处是似懂非懂的历史，我和朱裳走在黏稠的时间里。小时候，我们性交不足，我们体力积累得无比好，我和刘京伟、张国栋每个周末骑车两个小时去圆明园，我们喜欢废墟，我们驮回过一匹石雕小马，我们透过草丛观摩乱石中男女大学生的野合。那些大学生真烂，他们的前戏像北京冬天的夜晚一样漫长而枯燥，女生总像庄稼一样茁壮，不畏严寒，男生总像农民一样手脚笨拙，两只大凉手一起伸到女生背后也打不开锁住胸罩的纽扣。那时候，我和朱裳从天安门走到东单走到白家庄，北京夏天的白天很长，在半黑半白中，我们在43路车站等车，说好，下一辆车来了就分手。来了无数个下一辆，好多人下车，好多人上车，好多人去他们要去的地方。在等待无数个下一辆的过程中，我拉着朱裳的手，她的手很香。朱裳看着我的眼睛，给我唱那首叫 *Feelings* 的外文歌曲，她的头发在夏天的热风里如歌词飞舞，她说我睫毛很长。后来朱裳告诉我，她之后再没有那么傻过，一个在北京这样自然环境恶劣的城市长大的姑娘怎么可以这样浪漫。我说我有很多回想起来很糗的事，但是想起，在我听不懂的外文歌曲中，握着将破坏我一生安宁的姑娘的香香的手，永远等待下一辆开来的43路公共汽车，我感到甜蜜和幸福。

在漫长的暧昧中，为了探明过去的岁月，我反复从各种角度了解朱裳在过去某个时候的想法和感觉，在各种方法中最直接的是询问朱裳本人。我最常得到的回答是："我不知道。"我尝试过多种心理学和精神病学的方法，比如故地重游，我牵朱裳的手，从团结湖公园假得不能再假的山走到姚家园、白家庄、青年出版社印刷厂，走到中学的操场，操场上的杨树高了，但是还是一排，领操台还在，但是锈了。我牵朱裳的手，在亮马河边，当时是春天，天气和暖，柳树柔软。我不让朱裳开车来，所以我们可以一起喝小二锅头。但是有了腊猪大肠，朱裳的酒量无边。酒精还是酒精，朱裳的脸颊泛红，我得到的回答还是："我不知道。"

很多个小二锅头之后，朱裳说，在中学，她听不进课的时候、累的时候，都会不由自主地看我，认为我和别人不一样。教材、教参、习题集堆在我桌子上，堆成一个隐居的山洞，挡住老师的视线，我手里却常年是本没用的闲书。她觉得我是个真正的读书人，一个与她爸爸略相像的读书人。真正的读书人如同真正的厨子、戏子、婊子，身上有种与生俱来的对所钟情的事物的痴迷。书中的女人秀色可餐，书中的男人快意恩仇。书外如何，与真正的读书人无关。她喜欢看我脸上如入魔道的迷离，如怨鬼般的执着。我说："是不是我长得像你爸就能娶到你妈那样的？"朱裳说："我当时是年幼无知，看走了眼，其实只是你太瘦了，招眼，容易让人心疼。"我当时一米八〇，一百零八斤，除了胸围不够，其他完全符合世界名模标准。张国栋有一阵子研究丰胸秘方，说他的方子只丰胸不增肥，问我要不要免费试试。我对朱裳说，女人或者复杂或者单纯，都好。但是，复杂要像书，可以读。简单要像玉，可以摸。当时的朱裳也不让解扣子，也不让上手摸，我能干什么呢？

更多个小二锅头之后，朱裳说，她原来也记日记，用一个浅蓝色的日记本，风格肤浅俗甜。日记里记载，她坐在我旁边，忍不住会在我专心念闲书的时候看我。她感觉到与我本质上的相通："一样的寂寞，一样的骨子里面的寂寞。这种寂寞，再多的欢声笑语，再迷醉的灯红酒绿也化解不开，随便望一眼舞厅天窗里盛的星空，喝一口在掌心里的隔夜茶，寂寞便在自己心里了。仿佛他打开一本闲书，仿佛我垂下眼帘，世界便与自己无关了。这种寂寞，只有很少的人懂得。"我说我要过生日了，把你的日记复印一份送我吧，要不原本也交给我保留，省得被你现任老公发现后抓狂。朱裳说："不。日记没了，我看了一遍觉得无聊，就烧了。"

朱裳除了手闲不住之外，还爱放火，酒店房间的火柴被她一根根下意识地点燃，房间充满硫黄燃烧的气味，朱裳除了有反革命手淫犯的潜质还有反革命纵火犯的潜质。后来过生日，朱裳送了我一个白瓷的小姑娘，戴个花帽子，穿一条白裙子，从脖子一直遮到脚面，好像个白面口袋，什么胸呀，腰呀，屁股呀，全都看不见。裙带背后的位置，系个蝴蝶结，蝴蝶结的丝带一直延伸到裙子里面，并且在一端坠了一颗白色塑料珠子。因为裙子里面一无所有，晃动白瓷姑娘的身体，塑料珠子敲打裙子的内侧，发出叮叮当当的声响，使劲儿听，声音好像"我不知道，我不知道"。

朱裳说，从小，就有很多人宠她。先是祖辈、父母、父母的同事以及父亲不在家时常来做客的人。上了幼儿园，她便被阿姨们宠着，她的舞跳得最好，舞步迈得最大，她的嘴唇被涂得最红，迎接外宾和领导的时候，她站在最前面，她手里挥舞的塑料花最鲜艳。再后来是父母同事们的大男孩宠她。那些人，她从小就叫大哥哥。放学回来，他们会在单位大院的门口等她，或是直接去学校接她。几个大哥一起帮她对付完功课，大家就一同去游走玩耍。和泥、筑沙堡、挖胶泥，大哥哥们都很可爱，都懂得很多。大一些，哥哥们开始刮胡子，穿上皮鞋，皮鞋上开始有光亮了，他们带她去吃小酒馆，有服务员，用餐巾纸和一次性筷子。他们很有礼貌地让她先点菜，有凉有热，几杯啤酒下肚，便手里拿着空的啤酒瓶子，讲"朝阳门这片谁不认识谁呀，有哪个小痞敢欺负你，我们准能废了他"。怕她在他们不在的时候吃小流氓的亏，一个在东城武馆练过大成拳的教她一招"撩阴腿"，一脚下去，轻则能让小流氓阴阳不调，重则断子绝孙。有人抱起了吉他，红棉牌的木吉他，她听得入迷，仿佛有些烦恼和不知道如何表达的东西，吉他能讲出来。那时候都弹《爱的罗曼史》和《绿袖》。不冷的天里，几个人聚在一起，或弹或听，抽完五六包凑钱买的金鱼牌香烟，很快就过了一晚。哥哥们看到朱裳小妹妹听得泪流满面，脸上珠串晶莹，不禁心惊肉跳，明白这个小妹妹心中有股大过生命的欲望，今生注定不能平凡。虽然明白这个小妹不是他们所能把握，但是为什么心中还是充满荡动？后来有人放下了吉他，抱起了姑娘，说仔细抚摸下，姑娘弯曲的皮肉骨血也能弹出音乐，细听一样悦耳，说："今晚不行，出不来了，得陪老婆。"再后来，几个哥哥中最出色的一个看她的眼神开始不对了，试探着和她谈一些很缥缈很抽象的事。她开始害怕，大哥哥们不可爱了。

原来，朱裳还有几个相熟的女同学，可以一块儿骑车回家，一起写作业。女同学们也乐于在朱裳身边，分享男生们的目光，评论男生如何无聊。但是，渐渐发现，和她一起回家的女孩，单车总是会莫名其妙地坏掉，而且总是坏得很惨，没一两天的工夫修不好。女孩子的胆子总是小的，渐渐地，没什么女孩敢再陪她回家了，"安全第一，男孩第二"，她们的父母教育她们。

朱裳自己骑车回家，半路就会有男孩赶上来搭讪。

"一个人骑呀？我顺路，一块儿骑，我陪陪你好不好？这条路上坏孩子可多了，我知道你们中学是市重点，但是前边那个中学可是出了名的匪穴，白虎庄中学。别的坏中学，中学门口蹲的是拍女孩的小痞子，那个中学门口蹲的是警察。可你每天回家还不得不过那个中学门口，你又长得这么漂亮，多危险呀，是不是？我练过武术，擒拿格斗，四五个小痞子近不了身。你看我的二头肌，你再看我的三头肌，很粗很硬的。我天天练健美，每天我妈都给我煮三个鸡蛋，你这样看，看不到全貌，其实我脱了肌肉才更明显，腹肌左右各四条，一共八条，一条也不少。这并不说明我是个粗人，我学习很好的，心也蛮细的，我会画工笔画，山水人物，花卉翎毛，梅兰竹菊，都能应付，兰花尤其拿手。画如其人，心灵是兰心蕙质，画出的兰花才能通灵剔透。不是吹牛，不信周末你去我家参观一下，满屋子都是我的兰花画，感觉像是热带大花园。不是吹牛，我少数的几个毛病之一就是不会吹牛，我再告诉你一个秘密，我另外一个毛病是追求完美。所以我画兰花，一点点感觉不对，几米的大画，随手撕了重画，能让我满意的兰花，摆在家里，蝴蝶停到画上，蜜蜂停到上头，蜻蜓停到上头。也就是因为我追求完美，才会对你充满好感，你太完美了，人杰地灵，你老家一定不是北京的。不是你妈，就是你爸，一定有南方血统，不是苏州，就是杭州，才能生出你这么秀气的女生。我爸就是苏州的，我妈是杭州的，所以我才能出落得这么秀气，衬衫下一身肌肉但是挡不住我骨子里的秀气。你们家是不是住那个大院里？那幢红楼，四单元五层，右手那家？你奇怪吧，我怎么知道的？用心就是了。天下无难事，就怕有心人，我对你上心，我跟了你好久了，你在风里、花旁、雪里、月下都是那么美丽。我不是一个随便的人，我观察你很久了，也同时考察我自己的心，是不是一时糊涂，是不是鬼迷心窍，我的答案是否定的。我是充满激情而又理性客观的。你父母也是搞纺织的吧？兴许还和我老爸认识哪，我爸在纺织业可是个人物，没准今年就升副部长。虽然这样，我还是非常平易近人的，你如果到厂桥一带打听一下，我有好些小兄弟，没有不说我人好的……"

"……"

"交个朋友吧，我姓刘，刘邦的刘。别那么紧张，没人想害你。像你这样的女生，人人都想呵护你。"

"……"

"我不是流氓，我是四中的。"

"……"

"你没听说过四中？不会吧？虽然你们学校也是市重点，但是和我们四中比，就是小巫见大巫了。就像北京有好几家五星级酒店，但是都是内地人自己评的，水平参差不齐，和真正的好酒店，比如香港半岛，Ritz-Carlton，是五星中的五星，你可以叫它超五星或是六星。我们四中就是市重点中的重点，也可以叫它超重点。我们四中创始于1907年，当时叫顺天中学堂，现在老校门还留着，特别像清华的老校门。我们学校上清华的简直太多了，太稀松平常了，牛×吧。后来改建了，一水的乳白建筑，教室是六角形的，我们坐在里面，光线可好了，感觉像是辛勤采蜜的小蜜蜂，飞在花丛中，好好学习，采摘知识的花朵。我们还有标准体育场，有游泳池，夏天你找我玩，我带你进去，可大了，还没多少小流氓，死盯着你胸脯看。我们还有天文楼，天气好的时候，跑到上面，感觉'手可摘星辰'，在那个地方，眼睛望望星空，心里想想像你这样的姑娘，一样的美丽，一样的高不可及，一样激发人探索的斗志，真是不能想象更合适的地方了。"

"我要回家。"

"是呀，我现在不是正送你回去吗？你平时一定很忙，看得出，你很爱念书。天生丽质再加上书香熏陶，将来了不得。这么着，周末吧，周末到首都剧院看戏去？我搞了两张票，'人艺'的，《茶馆》，特别有味。"

"我要回家。"

"家谁没回过呀！天天回去，你不烦呀？《茶馆》是'人艺'新排的，不看，枉为北京人。'二德子，小唐铁嘴，办个大托拉斯，把京城所有的明娼、暗娼、舞女、歌伎都拖到一起……'"

"我要回家！"朱裳告诉我，她说到第三遍要回家之后，她想起了她的大哥哥们教她的撩阴腿，她撩起小腿，踢在男孩车子的链套上，男孩连人带车滚到马路中央，对面开来的一辆小面的一个急刹车，发出刺耳的声音。朱裳收回腿，猛力骑过交叉路口。

第二十九章
现在跳舞

新年晚会。

桌椅被推到四周，留下中央的空地。桌子贴墙，椅子靠桌子在里圈。桌子上堆瓜子、花生、水果、北京果脯、什锦糖、北冰洋汽水。黑板上五颜六色的粉笔写着五颜六色的"新年快乐"，窗玻璃贴着红色电光纸剪的卡通人物，教室的白色管灯上缠了彩色纸带，发出大红大紫的光。

班主任语文老师站在教室当中的空地做年终发言，将军罐形状的粗壮小腿，露在毛料裙子下面，新做的头发，大花重油，涂了血红的嘴唇，一张黄脸被红唇映照得更加黯淡。发言格式还是老套路，半首剽窃或是引用的朦胧诗和三四百字《人民日报》社论："雾打湿了我们的双翼，可风却不容我们再迟疑。岸啊，心爱的岸，昨天刚刚和你告别，今天你又在这里，明天我们将在，另一个纬度相遇。昨天，即将过去的一年，我国、我市、我区、我校、我班都取得了很大的成绩，人民群众欢欣鼓舞，在向四个现代化进军的道路上，我们又迈出了坚实的一步。但是，任重而道远，前面的道路上还是荆棘满布，需要我们更大的勇气和决心。展望新的一年，还有一年半就要高考了，大战在即，我们必须准备好，必须努力。作为你们的老师，我做好了决心和准备，汗为你们洒，泪为你们流，血为你们淌。你们准备好了吗？"

我们正像小鸡啄米似的嗑瓜子，听到这突然的提问，停下来齐声答道："准备好了。时刻准备着。"张国栋和桑保疆正在比赛喝北冰洋汽水，班主任老师血盆大口，迎头断喝，两个人同时受了惊吓，一口汽水喷出来，咳嗽不停，张国栋嘴还不停："我汗为您流，泪为您流，血为您流，我还有所有的其他，都为您流。"班主任老师恶狠狠盯了张国栋一眼，念及是新年晚会，开心的场合，没搭理他。

然后是节目表演，女生集体表演了一个现代舞，好像有备而来，几个女生脱了外衣就是跳舞的装束：半长的白袜子绷住瘦长的黑色健美踩脚裤，白衬衫，花毛衣，黑头发散开。她们在教室中间上蹿下跳，随着动感音乐，双手的五指尽量伸开，在空中叉来叉去。音乐转换的某个瞬间，她们猛地一停，双手的五指继续伸开，直挺挺放在胯上或半弯在肩膀上，眼睛各自寻找天空中一个不同的地方，恶狠狠地盯着。我在歌舞上是个粗人，没看出来什么，除了在大红大紫的灯光里，看见初长成的乳房的轮廓和新鲜的上翘的屁股，分外好看。乐盲、舞盲是遗传，我老妈和我老爸到美国看我，说要看纽约和华盛顿和拉斯维加斯，我说还是去看黄石公园和大峡谷吧，老妈说不，她说："谁都知道纽约和华盛顿，谁都爱赌博，以后和别人说起，去过没去过，我就能理直气壮地说，去过。赌过没赌过，我就说，我在美国都赌过。"我开着一辆老大的别克从迈阿密的海滩北上纽约城，副驾驶座上驮着我爸，车后座上驮着我老妈。那个1991年产的别克车可真大，我老妈在后座上平躺可以伸直双腿，我在前面感觉像是开一条大船，只有起伏没有颠簸。到了纽约，我的同学朋友们决定隆重欢迎我的老妈和老爸，也就是他们的干妈和干爸，其中一项是请他们看百老汇歌舞。之前我跟他们说，找一场热闹的，比如《猫》之类就好了，结果他们找了世界顶级的现代舞，观众穿着黑白礼服入场，开场前有鸡尾酒会，结束后有招待晚宴。我爸开场后十分钟就靠着椅子睡着了，眼睛死死闭着，嘴微微张着，两片嘴唇之间有两根细细的唾液丝相连，唾液丝的长短随着他均匀的呼吸有节奏地变化。我老妈很兴奋，坐在第二排，还拿着我在探索频道商品店买的高倍望远镜仔细张望。第一次，我妈小声对我说："这些演员年纪都不小了，四十多岁了吧，怎么混的，现在还在台上蹦来蹦去？"第二次，我妈小声对我说："这些人好像都很苦闷。"第三次，我妈小声对我说："那个领舞的男的像盖瑞。"盖瑞是我姐姐的一个朋友，秃头，我妈见过盖瑞之后，所有秃头的男人长得都像盖瑞了。我老妈老爸对歌舞和音乐的理解力充分遗传给我，我对此不抱任何希望。

女生现代舞完毕，是刘京伟的现代少林拳。这也是保留项目，充分暴露刘京伟凶狠剽悍的一面，每次的拳法相同，但是结尾的高潮不同。前年的结尾是一掌击碎五块摞在一起的砖头，去年是一头撞碎一块拿在手里的砖头，今年是一指插入放在地当中的砖头，不知道是因为刘京伟的功力年年增长还是砖头的质量年年下降。我们在刘京伟达到高潮的一刹那拼命叫好，像到长安剧院看武戏一样："好。好。好。""好"要喊成二声，阳平。刘京伟有砖头情结，打架没砖头不能尽欢，后来的后来，桑保疆做房地产，摊子铺得太大，资金链断了，楼烂了尾。桑保疆拉刘京伟投资，死活请刘京伟到他的工地上看看，刘京伟一边在工地上走动，一边皱着眉头唠叨："现在这工地上砖头怎么这么少，这架怎么打呀？"现在，砖头彻底不让烧了，说是污染环境，刘京伟幸亏英年早逝，否则就更加落伍而寂寞了。

接下来是击鼓传花，一个人闭着眼击鼓，大家转着圈传花，鼓停了，花在谁手上，谁就得即兴表演节目。张国栋北冰洋汽水喝多了，去上厕所，花就当然地传到他的位子上，身边的桑保疆死活不接着传。张国栋耍赖，死活不演节目。刘京伟起哄，说朱裳伴唱你演不演。张国栋和朱裳同时恶狠狠看了他一眼。张国栋说，我给大家扔个球吧。他从后面的桌子上拿了三个橘子，像杂技演员一样耍了起来，足有两分钟才有一个橘子掉到地上。桑保疆马上说，实在是演得太好了，你再表演一个扔汽水瓶吧。张国栋说：你妈，我扔你妈个球儿。

过了九点钟，班主任老师说，不早了，我先回去，还有明天的课要备。你们再玩一会儿，别太晚了。

女生提议跳舞，反正她们也为表演现代舞穿了紧身衣或是裙子，也化了妆、整了整头发、点了点香水。我从来没有看过姑娘上妆，但是对这个过程的想象让我兴奋不已。我想象，应该有一面镜子，还有五颜六色、高高低低、大大小小的罐子，有的装膏，有的装水，有的装粉，有的装油，还应该有各种工具，刷子、镊子、抹子、刀子。姑娘坐在镜子前，用不同的工具调制不同容器里不同性状的膏水粉油，十六种颜色和十六种颜色调兑，是二百五十六色，是一种性质的美丽；十六种味道和十六种味道掺和，是二百五十六味，是一种性质的芬芳。姑娘坐在镜子前，在脸上一笔一画地画，在心里一点一滴想他，然后问，镜子呀镜子，我是不是世界上最美丽的姑娘？好像我在四百字一页的淡绿色稿纸上，一笔一画试图重现心里的一点一滴。在这个古怪的过程中，我们碰巧能够超凡入圣，手上的笔变成妖刀。我做美元期货的时候，养了个狐狸在我酒店套间的床上。我晚上八点半开始看纽约的盘，小狐狸上了浓妆去酒店楼下的迪厅锻炼身体。凌晨三点半，纽约汇市收盘，小狐狸从迪厅锻炼回来，脸上的浓妆一丝不乱，因为她从不出汗，加上走路无声，我常感到她的鬼气浓重。小狐狸说，我要吃宵夜。我坐在 Herman Miller 的椅子上活动僵直的肩背，小狐狸蜷在我的两腿间，解开我宽松的睡裤。她抬起脸，脸上的浓妆笔墨清晰，这一瞬间，她美极了。她血红的嘴唇沿着经络走势点遍所有重要穴位，她的唇膏把它涂抹得血红。小狐狸蹦迪很少穿裙子，她偶尔穿裙子的时候，我让她背冲我，双手支撑我的书桌。我撩开她的裙子，褪了底裤，从后面进入她的身体。书桌对面是一面镜子，镜子里是小狐狸上了浓妆的脸，她的脸美极了。宵夜完毕，小狐狸到浴室卸她的妆，我从来不看，新西兰惠灵顿和日本东京的汇市又要开盘了，我的肩背将要继续僵直。朱裳基本不化妆，她说化了之后不像她，这是真话，我见过她和她老公的结婚照片，朱裳一脸浓妆，像是不知道从什么地方钻出来的小影星，靠在一个梳着大分头的男子肩上。翠儿除了演戏之外，不化妆，她说上妆毁容，就像写东西折寿一样。后来，翠儿嫁给了一个非洲年轻的酋长。多年以后，我又在朝阳门外"永延帝祚"的牌楼附近见到那几个教我非洲骂人话的非洲小混混，我说我有一个女同学远嫁他们非洲，我给他们看碰巧夹在我钱包里的翠儿的照片，那几个非洲小混混见了照片立刻敛容屏气，把他们敞开的衬衫纽扣扣起来。他们说，他们年轻的酋长继位成了国王，我的翠儿现在是他们的国母，在他们的国家人人景仰，翠儿的形象印在海报上，张贴在他们首都的国际机场和最好的海滨度假酒店，翠儿的头像还出现在新版的钱币上。他们还说，他们离开他们的国度之前，有幸面见过翠儿国母，惊为天人，不敢多看第三眼。我管他们要了一张有翠儿头像的非洲钱币，回家给翠儿打电话。翠儿说在非洲，没有戏演，偶尔自己给自己化化妆，防止废了幼功。翠儿说，非洲热，晚上还好，她晚上关了冷风，然后一件一件脱光衣服，穿上高跟鞋，她有很多高跟鞋，她挑跟儿又细又高的那种，然后仔细上妆，然后在屋里走来走去。我问她有没有挂窗帘，翠儿说没有，窗户外边是海。我说："这个意象太淫荡了，我都坚挺了，我的黄书都被张国栋拿去了，挂了电话你有非洲酋长，我这儿什么都没有啊。咱们说点别的吧，你们国家最近的旅游业发展如何？是不是已经成为国民经济的支柱产业了？"翠儿说："我还有更淫荡的，你拿着电话慢慢听着，让你再坚挺些，我有一个大浴缸，小游泳池似的，水是热的，但是没有蒸汽，脸上的妆不会败。放了这里的一种花瓣，光着身子泡二十分钟，女人会全身酥软，没有一处是硬的，好像骨头都融化了，人漂在水面上，飘在空气里。但是，你一旦进来，无论从上边还是下边，女人的身体就会收紧，是一种没有丝毫牵强的平滑的全身的收紧，然后再放松，再收紧。你是不是更坚挺了，再坚持一下，我挂电话了。"

高中的时候，平时女生们总感觉班上的男孩小，不安分的女生总是在大学或是外校的高年级找相好的男朋友，个别几个乳房发育提前的甚至直接找社会上工作的。放学的时候，学校门口常常有一些穿着潇洒的大男生，穿着光鲜的名牌运动服，接他们的姑娘，偶尔也有一两部小车，等着接他们的女友。我们班的女支部书记是个典型。女书记长得很坚毅，我们叫她"梯子"，取自谐音："书籍（书记）是人类进步的梯子。"梯子从一开始就看不上我们，她一直优秀。即使跑得没有张国栋快，夏天运动会的时候，还是张国栋等四个人扛着一张面板，梯子站在面板上面。她的宝相庄严，一手一个牌子，上面一个"龙"字，另一手一个牌子，上面一个"虎"字。梯子举起"龙"字牌，我们走在方阵里的就喊"锻炼身体"。梯子举起"虎"字牌，我们就喊"为革命学习"，好像现在在商场门口搭台子卖特效药的。张国栋当时肩膀扛着杆子，梯子就在前上方，他说梯子有点分量，他抬起头，看见梯子的屁股高高在上，举着龙虎牌，扬起手臂，腋窝里的腋毛刮得干干净净，就是比自己牛×。从那儿以后，张国栋说起梯子，总说梯子身材不错，屁股滚圆，让人远远望见想追过去看正脸，但是看了正脸又发现自己傻×了。这话后来传到梯子耳朵里，当时张国栋在泡班上一个小腿细细的姑娘，约她去工人体育场看足球，准备趁乱上手。

梯子知道了，组织团活动，没通知张国栋和他的小妹妹。我们隔了七八排，坐在他们后面，大家都看见，在踢进第一个球之后，张国栋罪恶的右手伸出来揽住了小妹妹的腰。

梯子上初中的时候，和本校高二的一个高大男生相好，自己初二就入了共青团，她的相好就是她的介绍人。高中的时候，梯子和北大中文系的一个黑瘦戴眼镜的人不错，那个人是北大文学社的社长，以在未名湖畔石拱桥上即兴用四川普通话诗朗诵驰名京西高校。通过这个"川普"文学社长，高中三年，梯子在杂志上发表的朦胧诗比我们语文老师一辈子发表的都多。有评论家说梯子的朦胧诗饱含阳刚之美，兼有川北乡土气息，对于一个北京丫头片子，难得。大学的时候，梯子和一个美国学考古的研究生相好，那个研究生在陕西学的中文，常和陕西盗墓农民混在一起，吃饭蹲着，锄头使得有神采，所以会说一口流利的陕西口音中文，古文尤其了得，旧版的《汉书》，能断句读通。梯子同时和一个民营企业家偶尔睡觉，梯子当时跟我阐述，她年纪还小，还没想清楚是出国颠覆美国腐朽的资本主义还是留在国内大干社会主义，还没想清楚是青灯黄卷皓首穷经搞学术还是大碗吃肉大秤分金搞生意，所以洋书生和土大款都要交往。我说，同意，注意时间安排，注意身体，努力加餐饭。最后梯子选择了资本主义腐朽生活，到了美国一年后拿了绿卡，就和陕西洋考古离了婚，说是在美国一年到头吃不着有土腥味的活鲤鱼，却要整天睡有土腥味的老公，不靠谱。梯子马上找了个美国老头，有钱，有大房子，有心脏病，下体短小但是经常兴奋。老头是用直升机把梯子娶进那个大房子的，我见过婚礼上的照片，长得像大白胡子的圣诞老人，梯子皮肤光滑滋润，但是表情还是很坚毅。第一次上床，梯子说，就知道了老头的斤两，梯子还说，不是吹牛，如果她愿意，和老头隔着一千英里，电话性爱，她能让老头心脏病发作，死在去医院的救护车上，脸上还充满淫荡的笑容。老头就是这样死了，梯子带着美国护照和天文数字的资产回到北京，对我说："我从小都找比我老比我成熟的，追求前进追求光明，现在我要反过来了，你说，我是不是老了？"我说："怎么会，你的肌肉还结实，腿上毫无赘肉。千军万马中取上将首级，你还是易如反掌。而且，从另一个角度说，你又比我们早好几步领导了潮流。"梯子说："我知道你对我无欲无求，不求我色也不认为我有色，不求我钱也不认为钱是那么了不起。但是金钱就是力量，四百块一条大腿，你小心我用钱把你的舌头剁了，省得我闹心。"后来梯子也没刻意剁我的舌头，她找了个小她十岁的小伙子，世家子弟，父母都是唱戏的，自己练舞蹈，齿白唇红，眼皮一抹桃花，眼底一坨忧郁。我第一次看见这个男孩，蓦地感叹，男人也有尤物啊。平生第一次理解了同性恋的道理，回去问我的姑娘，我有没有可能是双性恋。那个男孩儿右耳朵上戴了个很大的钻石耳坠，梯子说，他肚脐上还有一颗一样大小的，几乎都是两克拉，都是她买给他的，都是Tiffany的。我说："为什么我小时候就遇不上你这样的富婆，不仅有钱，还有格调，还意志坚强？跟了你，又不愁吃喝又有品位又能教会我各种人生的道理，多好。"梯子说："他脖子上出的汗是甜的，他胸脯上出的汗是茉莉花香的，他看着我会突然流下眼泪，他很少说怪话。我没记得你有这些好的品质。"收了这个小伙子之后，梯子的身材越来越好，皮肤越来越水嫩，梯子说："这样的小伙子，我还有两个，一三五，二四六，星期天我休息，上午去中日青年交流中心的国际教堂做礼拜，中午在福满楼吃早茶，下午去做脸。"我说："你是不是在练传说中的阴阳功，采阳补阴？我听说'文革'期间，在浙江萧山，有个六十多的老教师就练阴阳功，把两个十五六岁的女学生心甘情愿地搞大了肚子，被政府发现，判他死刑后，他只是恳求政府，给他三个月的缓刑，让他把他的修炼心得写出来，造福人类，但是政府没有同意，行刑的警察后来说，枪子儿打到他脑壳，发出金属的声音，斜着往外崩，三枪才打进去，五枪才断气。梯子同志，你不应该等到最后，应该随着练习，随着把心得记录下来，不怕一万就怕万一。"梯子说："秋水，你别出北京城。出了城，没人罩着你，我准安排人，剁了你的舌头细细切碎了喂野狗。"最后的最后，梯子在延续基因、培育后代这件事上，又走在了我们前头。梯子应用试管婴儿技术，怀了双胞胎，同母异父，这个病例差点被总结之后刊登到《中华妇产科杂志》。梯子说，她不是"养儿防老"，她不图回报，她喜欢看一对小东西在她面前跑来跑去、从小长到大，这一过程中的乐趣，大于所有麻烦。我买了两套新潮的小孩衣服送给梯子。孩子还没生，产前随诊，梯子拒绝询问B超医生，不知男女。在北京的同学分成三组，一组说都是男的，一组说都是女的，一组说一男一女，纷纷下了赌注，小孩儿满月的时候，输的请客。根据概率，我押了一男一女组，小孩衣服，我买了一套男孩的和一套女孩的，男孩穿了像小太保，女孩穿了像小太妹，我想象着他们穿上衣服在地上跑来跑去的样子，感觉无比美丽，笑出了声儿来。梯子对我说："如果我告诉你，你是两个爸爸中的一个，你会怎么反应？"我一边玩着小孩衣服，一边说："不可能。我连你的手都不敢摸，怎么可能。"梯子说："你不是告诉过我，你上大学的时候，有一次，捐献精子的车来到你们校园，你和张国栋、刘京伟各自捐了三毫升精子，换了一箱啤酒？"我的冷汗马上流下来："你怎么知道不是张国栋或是刘京伟的？"梯子一笑，说："我知道。"

但是现在跳舞，特殊时候，有男生抱着总比没有强，女生们也不再挑剔。男生舞技实在稀松，但是往日明亮的日光灯今天因缠上厚重的彩纸而变得迷离，往日一般般的女孩借着化妆的魔力变得妖气笼罩，男生心中感到什么在涌动，女生的身体透过轻薄的衣物发出巨大的热量，我看到男生搭在女生身上的手指时起时落，仿佛搭在一个刚倒满开水的水壶。跳舞是个好借口，可以冠冕堂皇地抱姑娘，可以学习如何长大。女孩伸过来的手是拉你下水还是拖你上岸，男生傻，不想。跳得如何，没有镜子，脸皮也厚，不怕。日光灯熄了几盏，屋子变得更加昏暗。音乐从桌子上的录音机里放出来，轻飘飘的，却有另外一种重量，仿佛从香炉里滚下的烟。并不漫天飞扬，只是矮矮地浮在地板上，随着心跳起伏。小男生、小女生们便蹭着地板上这如烟的音乐移动自己的脚步，一脸肃穆。男生似乎忘了背地里骂的"两腮垂肩""大扁脸、三角眼"，女生似乎也忘了抱着自己的男孩，"鼻涕还没流干净"。

我坐在靠窗户的一个角落里，看。反正朱裳也坐在一个很黑的角落里，在我眼前，但又不在别人的怀里，我心里就不难受。朱裳没穿裙子，脸上连淡妆也没有。但她穿了一件很好看的毛衣，深蓝色的毛衣上两朵黄白的菊花，菊花的形状很抽象。头发仔细洗了，散开来，覆了一肩。我后来在大学做过一段学生干部，负责安排舞会之类的文体活动，我对场地要求、音响设备的安装调试、舞曲的选择都很熟练。活动开始，我就坐在一个角落里，看，体会过去当大茶壶的心情。我总对我的女朋友说，你是舞后，你玩儿你的，我一点都不在意，我替你在这儿看管大衣。我在角落里看我的女友在舞场里旋转，她的头发盘起来，她笑脸盈盈，她汗透春衫，我觉得她比和我在一起的任何时候都美丽。

忽然看见张国栋蹿了出来，走到朱裳面前，请她跳舞。朱裳愣了愣神，搭着张国栋伸过来的手站起来。张国栋穿了一条黑色的锥子裤，藏蓝的高领羊绒衫，外面罩了一件黄色的西装，由于西装的质地非常好，黄色不显得如何张扬。这是我第一次看到张国栋不流鼻涕的一面，我惊诧于他的美丽。

"我不大会跳的。"我隐约听见朱裳对张国栋说。

"你乐感好，听着音乐，跟着我就好了。"张国栋一笑，朱裳后来告诉我，张国栋有一种不属于淫荡的笑容，很容易让女孩想起阳光。跳了一会儿，步子轻快多了，身上估计也有些热了。张国栋比开始抱朱裳抱得紧了一些，我看见朱裳微微闭上了眼睛，可能挺舒服。朱裳后来告诉我，张国栋人瘦，但骨架子大，胸厚，肩宽，姑娘搭在张国栋背上的手可以感到在身子旋转时肌肉微微地隆起，而且张国栋的节奏感奇怪地好，步法行云流水。我当时看到的是张国栋的手。他的手大而结实，抱在朱裳散开的头发上，手背青筋暴露。我知道朱裳的头发是新近仔细洗过的，因为比平时蓬松，颜色比平时略浅一些。我有一种理论，物质不灭，天地间总有灵气流转，郁积在石头上，便是玉，郁积在人身上，便是朱裳这样的姑娘。玉是要好人戴的，只有戴在好人身上，灵气才能充分体现。女人是要男人抱的，只有在自己喜欢的男人怀里，灵气才有最美丽的形式。

想到这种理论，我忽然觉得不高兴。

翠儿进来，香香的，坐到我身边，说，我们班的晚会没劲，我来看看你。翠儿穿了一件用布极少的黑色衣服，前面乳房一半以上是没有的，后面第一腰椎以上是没有的，侧面大腿三分之二以下是没有的，后来，翠儿告诉我，这叫夜礼服，我才知道它是生活富裕和文明发展到一定程度才出现的，就是因为没有在墓葬里发现夜礼服，多数著名学者否认夏朝文明的存在。从小到大，我对这个世界有很多疑问，主要的三个是：闹钟为什么定点会响？什么把塔吊本身升到那么高？夜礼服是怎么固定在女人身上的？我拆过一个闹钟，后来装不回去了，还是没搞明白原理。我和好些搞房地产的大佬吃过饭，他们说，他们不是工头，他们不熟悉塔吊。我现在只知道夜礼服是如何固定的，因为我认识翠儿。我说："我听说，唱京戏铜锤花脸的有个绝技：戴着头盔翻筋斗，不想让头盔掉，头盔就不掉，接下去想甩掉，一甩就掉。秘密是，咬紧槽牙系头盔带子，牙关一咬，太阳穴突出，带子系紧，翻筋斗不掉。牙关一松，太阳穴瘪了，带子松了，一甩头盔就掉了。夜礼服是不是也是一个道理？穿的时候，在外面晃悠的时候，想着淫荡的事情。"翠儿说："不要胡想。夜礼服多数都有个极细的透明带子，吊在肩上，不留意看不出来。还有的夜礼服在后面勒得很紧，扯一两把不会掉的。你以为姑娘的乳房和乳头跟你的小弟弟一样，想坏事就肿胀，还能肿胀那么长时间？"

那天舞会，翠儿坐到我身边，穿了件用料极简的夜礼服，我问她："冷不冷？"翠儿说："冷。你请我跳舞。"我说："不会。你知道的。"翠儿说："你可以牵着我的手，你如果摔着了，哪儿疼我可以帮你揉，我又不是没有教过你溜旱冰。"我说："我傻。我没乐感的。"翠儿说："走路会吧？抱姑娘会吧？至少抱我会吧？你不用听音乐，就抱着我，跟我走。"我抱着翠儿走，翠儿牵我的手放在她第一腰椎上面，没有布料的地方，我的手和她身体之间，是一层细碎的汗水。后来，这个镜头传到学校教导主任耳朵里，就是新年黑灯贴面舞事件的雏形。我的目光越过翠儿的肩膀，我瞥见张国栋向我挤了挤眼睛，他的眼睛旁边是朱裳散开的头发。刘京伟抱着班上一个粗壮姑娘跳舞，那个姑娘长得世俗而温暖。在我眼里粗壮的姑娘，到了刘京伟怀里，变成了一根细瘦的双节棍，被刘京伟挥舞得虎虎生风，长辫飞扬。后来刘京伟反复和我、张国栋提过，是不是把这个双节棍似的姑娘也发展到我们的打架队伍中来，我和张国栋都觉得不靠谱。对浅吟低唱、春情萌动不感兴趣的一小堆男生正扎在一起猛吃剩在桌子上的公费瓜果梨桃、花生瓜子，大谈现代兵器、攻打台湾及围棋。有人讲武宫正树的宇宙流不是初学的人能学的，应该先从坂田荣男、赵治勋入手。也有人反对，不能否认有的天才可以一开始就逼近大师。

晚会最后一项是抽礼物。事先每个人都准备了一件礼物，交到前面，由班干部编了号。谁抽到写着几号的纸条，谁就得到第几号礼物。

后来，朱裳告诉我，她抽到一个很丑的布娃娃，小小的嘴，没有鼻子，身上是艳绿的衣服。娃娃的胳膊下夹了一张深蓝色的小卡，卡上是黄色的菊花："无论你是谁，抽到我们就是有缘，就是朋友，新年好兼祝冬安。秋水上。"

丑娃娃在朱裳的枕头边藏了一段时间，朱裳还给它添了一身蓝色的套裙，用黄丝线在上面绣了两朵小菊花。有一天，朱裳洗完头发，取来剪刀，把它仔细地剪成了碎片，扔进了垃圾道。

朱裳爸爸偶尔问起丑娃娃的去处。

"没了。"

"怎么会没了？"

"没了就没了。我不知道。没了就没了。"

晚饭有鱼，南方人有活鱼总会清蒸。朱裳爸爸鱼吃得兴起，忽然想起猫，对朱裳妈妈讲，最近总是闹猫。三单元的公猫有情，五单元的雌猫有意，总在自己家四单元的阳台上相会。睡不好觉。

"可能是因为春天快到了。"朱裳妈妈说。

"老僧亦有猫儿意，不敢人前叫一声。"

朱裳妈妈瞪了他一眼，女儿在，不许毒害青少年。

"我打算在关键时刻抓住它俩，一手把公猫扔到三单元，一手把母猫扔到五单元。我也是为了咱们女儿的身心健康。"

我回想起来，有一阵子，在楼道里遇见朱裳爸爸，他脸上、手上一道道长长的抓痕，还上了紫药水，我当时还误以为是他有什么外遇被朱裳妈妈发现，痛施辣手，暗自兴奋了好一阵。

第三十章
到黄昏点点滴滴

可能是春天快到了，念书的时候，我隐隐地感到心浮气躁，眼睛没看到闪电，耳朵里仿佛已经能听见天边的雷声。

张国栋和桑保疆整天骂天骂地："为什么他妈的还不停电？为什么供电局对咱们学校这么好呀？是不是又收供电局的后门生了？为什么他们的课本总念个没够呀？"张国栋觉得，"文革"时人可以活在天地间，可以打架，可以泡妞，可以像个好汉，名正言顺。男孩从打架中能学到不少东西：忍让，机智，必要的时候诉诸暴力。仿佛几十万年以前，北京人还住周口店的时候，打架能让你获得猎物，泡妞能让你的姓氏繁衍。现在的混混只能学学港台的小歌星，穿得光鲜靓丽，将来不会有大出息。

桑保疆从我那儿得到的《花花公子》的出租率越来越高，印刷美女们两腿间原本棕黑的隐处已被摩挲得淡了许多，手指触摸纸面，有多少人能想象出肉的感觉？我觉得有点过。

"有什么的？他们不看画，憋不住就要看真人。神农尝百草才能百毒不侵。小和尚下山，想要的还是姑娘。而且也不会出事，我出租不是正当行当，他们看也不是正经事，他们不会告。他们不告，上边就不会知道，不知道就不会有事。"桑保疆说。

星期四，终于，停电了。

原本被日光灯照得白灿灿的四层教学楼突然一片黑暗，稍一停顿，我们缓过神来，便是一片欢呼：终于可以心安理得地不念书了！

开始体会情感的小男孩小女孩们抢占校园里著名的阴暗角落，练习亲吻技巧。懒惰的人聚集在宿舍里，一人一包"日本豆"，躺在床上讨论最近流传的凶杀色情、男盗女娼。"日本豆"就是花生仁裹上面粉，密云产的，据说远销日本，所以叫"日本豆"，张国栋说，因为日本人长得都跟花生豆似的，所以叫"日本豆"。

我、张国栋、刘京伟、桑保疆几个人摸黑胡乱地把课本塞进课桌，然后以百米跑的速度冲出校园，步子直到教学楼从视野里消失后才慢下来。

"再来电就跟我们没关系了！"

"人性是多么堕落呀！"

"我是多么喜欢堕落呀！"

"去'工人俱乐部'还是'紫光'？"

"都行。"

"先看一场港台枪战片，再看一场荤素都有的录像。"桑保疆右嘴角有一颗黑痣，黑痣上有两三根毛，他大笑或是兴奋的时候黑痣就会颤，黑痣上的毛就会跟着抖。其中最长的一根的末梢会画圆圈。

"回头再买十串羊肉串，多放孜然，多放辣椒，一人一瓶啤酒，一边吃喝一边回学校。"

"啊，生活！"

"太资产阶级情调了，小资！"

"那咱们吃'京东肉饼'去。朝阳门外原来是拉洋车的聚居地，劳动人民停电都吃肉饼，还喝紫米粥。"

"吃饱了回来，躺在床上，再摸着自己做个春梦……"

"啊，人生！"

"桑保疆，你不是不舍得花钱吗？上次一起逛东四中国书店，那么一厚本俄汉词典，才一块五，你别扭半天，不还是放回去了吗？"张国栋问。

"看电影，我乐意花。"

"也对。不是好来的钱，不能好去。"

"你什么意思？"

"别吵。电影散场，再看一场录像，回来是不是太晚了？大门都锁了。"

"跳墙嘛。多刺激！彻头彻尾的堕落。"

小七点钟了，下班的差不多都回到家里，街上的车不多了。卖报纸的，单车支在旁边，竭力向晚下班的人兜售还剩在手里的几份《北京晚报》。除了朝阳医院门口几处卖水果的还是汽灯贼亮，引诱着探视病人的人，煎饼摊、杂货摊也开始收了。我们并肩走在大街上，我看见，路灯映照着张国栋、刘京伟、桑保疆的脸，他们脸上的粉刺大红大紫，灿若春花。侧头，天上是很好的月亮，好像什么都知道似的冷冷地瞧着。我们什么都不多想地朝前走，前面是不再刺骨的风，将来是什么都会有的，我们没有一个人想到"穷则独善其身，达则兼济天下"。武侠小说上说，鲜衣怒马，年少多金。我们兜里各有三五块钱，年轻真好。

而且，我们在当时那个时候，没有一个人想到姑娘。我们手拉着手，像南北朝那时的同性恋一样，在大街上走。

我们是长在这方圆十几里上的植物，和周围的建筑一样，可以生长，可以枯萎，可以抱怨，可以喊叫，可以消失，但是不能离开。

后来，张国栋DV得奖之后，以访问学者的身份去欧洲，在几个古老的大学讲授中国现代电影，无论课程长短，张国栋的结论都是：中国现代电影，没有比张国栋更牛×的了，如果你只有三个小时的时间了解中国现代电影，看张国栋的作品就够了。张国栋没待多久就回来了，理由和几十年前毕加索的一样：艺术只在东方，在中国和日本。张国栋在学校兼教职，他写信告诉我，原来姑娘也像庄稼和瓜果梨桃一样，每年都有新的一拨儿，新的一拨儿不见得比老的一拨儿难吃。

后来，桑保疆被他的乡长父亲硬逼着去了新西兰，说是忘不了中文，学不会英文，不要回来见他，如果学有余力，可以副修工商管理。桑保疆在新西兰有个倚山傍海的房子，放闪光雷没有其他活人能够听见。春暖花开，桑保疆的泪水流干，网上订阅了无限制版的《阁楼》杂志，每天吃一块奶酪蛋糕，喝一升都乐橙汁，手淫十次。擦小弟弟的纸巾都被桑保疆顺着窗户扔到新西兰的大海里，桑保疆告诉我，好像他去长城刻下"桑保疆到此一游"，他也在新西兰留下了无数小桑保疆。纸巾里都是蛋白质，大海里的鱼吃了，都会歌唱：Thank you，撒泡尿。我用电子邮件发给过桑保疆一首李清照的词，反映他当时的处境，最后一句是："梧桐更兼细雨，到黄昏、点点滴滴。这次第，怎一个愁字了得。"桑保疆把"到黄昏点点滴滴"七个字当成他MSN的笔名，勾引了好些不明真相的小姑娘，以为他是个写诗的，在网上和他彻夜聊天。在桑保疆"到黄昏点点滴滴"，过度手淫到白痴之前，他爸爸在一个新西兰远房亲戚的帮助下，认识到了自己的错误。桑保疆回国之后，就当了他们乡房地产开发公司的总经理助理，他爸爸是总经理，手里控制着号称北京三环和四环之间仅存的几块有百万平米建筑潜力的地皮。桑保疆偶尔出现在地产杂志上，开发出来的楼盘，门口都有泥塑的罗马武士和战车，涂金粉，宣传手册上说是秉承大英帝国欧式传统，开创京城改革开放新气象。桑保疆给我打电话，兴奋地告诉我，北京的物价没升还降了，点人还是一百元，偶尔还能砍价。他们乡主要干道的树木之间，挂着红布横幅，上面写着魏碑体黑字"必须严厉打击站街卖淫嫖娼的违法犯罪行为"，红布横幅下面都是一百块的姑娘，好找。听别人说，桑保疆性生活正常之后，还是落下了后遗症，和人握手时，他的右手力气奇大无比，一把将别人的手揉捏成圆柱状的小鸡鸡，现在握手只好完全改用左手。

后来，刘京伟为了避风头在洪都拉斯和古巴各待过半年，晚上和流浪在当地的中国贪官打一百块人民币为底的麻将，白天骑马，偶尔也骑骑南美的美丽姑娘。一年后，刘京伟回到北京之后，在顺义开了个马场，如果熟人介绍同时价钱给足，也可以打很大的麻将，白天骑马，晚上骑美丽姑娘。

后来，我们几个再聚，方圆十几里上的建筑像是野草一样，砍了一茬又长出更高的一片，我们的中学已经被酒吧包围。中国杂技团的地皮上起了一个淫粉色的公寓楼，叫"坚果公寓"，后来因为寓意淫秽被迫改成了一个毫无特色的香港名字。假肢厂似乎还在生产假肢，我问刘京伟，要不要翻墙进去，看看他们生产不生产充气或是塑胶娃娃，刘京伟说，街上那么多真娃娃，不是浪费国家资源吗。我们喝完酒，说还是去看个荤素都有的录像。但是走到"永延帝祚"的牌楼，发现"紫光影院"和"朝阳区工人俱乐部"都被拆了，原址上是个洗浴中心，里面一个脏兮兮的小伙计说，冲澡男宾十八块，大厅休息十块，按摩六十，推油一百二十，特服四百，小费和小姐自己商量。我们相视苦笑，心里完全没有了中学时停电逃出学校看录像的快感。

第三十一章
叶下摘桃

"太下流了！"我们几个人看完录像，一身外面的新鲜空气，一脸的兴奋，冲回宿舍。

"讲讲！"待在宿舍没出去的人齐声附和。

其实，没人给台阶，我也会讲的："最下流的镜头，小侠一招'叶下摘桃'，哪知那个恶僧会缩阳神功，一下子抓了个空。小侠的师妹在一旁高喊：'打他的风池穴！'小侠'叶下摘桃'的一手不动，另一手直打恶僧脑后。恶僧大叫一声，阴囊连同睾丸下落，正落在小侠的手里。小侠用力一捏，只见画面上两个大鸡蛋壳破黄流⋯⋯"

"过了，过了⋯⋯"

"太下流了！"

"太不含蓄了！白受教导主任这么多年教育了。我们没去看电影的给你讲一个新改编的含蓄故事。"宿舍里，"日本豆"的包装纸扔了一地，三四个饭盆胡乱扔在宿舍当中的桌子上，里面盛着吃剩下的晚饭，尖椒土豆。

"好！"

"故事开始了：话说桑保疆……"

"别说我，秋水脸皮厚，你们说他吧。"

"也行。话说秋水从小就是一个有志气的好孩子。三岁就和妈妈讲：'好男儿何患无妻，我要找个处女。'怎么能证明一个女孩是不是处女呢？厚脸皮的秋水想了一个厚脸皮的办法。青春期刚刚开始的一天，秋水觉得'小媚眼'还算顺眼，把她悄悄叫出来，掏出自己的小弟弟，问：'你知道这是什么吗？''不就是阳具吗。'秋水立刻不说话了，失落呀失落，她一定不是处女。秋水又找来'大奶子'，毕竟抱着挺舒服，又掏出来，问：'你知道这是什么吗？''这不就是鸟吗。'秋水立刻又不说话了，失落呀失落，这个连土名都知道，更不是了。处女，处女，你在哪里呀？我要如何才能找到你？秋水最后怀着一线希望找到朱裳。再掏出来：'这是什么，你知道吗？'朱裳愣了足足半分钟，脸上露出疑惑的表情：'不知道。'秋水一阵狂喜：'你真的不知道？你真的不知道？告诉你吧，这就是男性生殖器。'朱裳一脸诧异：'真的吗？我从来没见过这么小的。'"

"这比较惨。"桑保疆说。

"谁说的？大家又不是没有一块儿上过厕所。秋水祖上也是有身份的人。秋水的太上老祖因为伟岸陪过秦始皇的妈，秋水老祖脱过裤子挑过滑车。秋水自己就是生不逢时。"

"其实，朱裳要是真的看见了，准跟找核桃的花栗鼠看见唐老鸭的大核桃形加工厂一样，头顶地后滚翻骨碌进山崖。"

"其实，秋水的长处不在他的长短，而是在于他的淫邪。我觉得小姑娘未必能体会到秋水的好处。秋水应该从事一下第二职业，服务于一些苦闷的、无聊的中上层中年妇女，没准能成一代名鸭。"

"你们是不是皮肉发紧呀？"我说。

"快十二点了，别说了，都熄灯一个小时了，还不老实睡觉！睡觉是件多美的事呀！"宿舍管理员听到他们又开始没完没了地臭贫，料定他们今晚讲不出什么好听的新鲜花样来了，就开始猛催他们睡觉。

灯熄了好久，我还是睡不着，忽然听见下铺有响动。

桑保疆摸着黑从床上下来，自言自语道："我要撒尿。"

"你要是再往咱们屋墙角撒，我们就骟了你，把它薄薄地切成驴钱肉。"几个人立刻支起半截身子，在床上大叫。几天前在屋子靠门的墙角发现一块尿碱，虽然桑保疆一口否定，但大家一致认定是桑保疆干的。

"我习惯裸睡的，没穿裤子，出门会碰见女鬼的，女鬼会啃掉我的小鸡鸡的。"桑保疆在桌子上找到一个空可乐罐，手把住阳具的时候蓦地想起"找处女"的笑话，问大家："朱裳真会认得吗？"阳具不由自主地硬了起来，怎么也对不准可乐罐的小口。

"你丫怎么这么半天还尿不出来呀？"

"用不用我吹吹口哨呀？"

"丫挺起来了，你们看哪，丫真下流。"有人在床上打开手电，桑保疆的屁股在手电光里像月亮般明亮皎洁，他的胯下像是骑了个扫把。

桑保疆注意力一分散，阳具不自觉中软了下来，正好对着可乐罐口，嘹亮地尿了起来。尿完将罐子扔出窗外，罐子砸落在宿舍楼旁的小路上，声音响亮。

第三十二章
马拉多纳

体育老师终于同意我们不出去跑长跑，留在操场打篮球。

体育老师是个简单而纯朴的人，他挣很少的工资，一天三顿吃学校的食堂，最大的乐趣是帮助女生练习鞍马或是单杠等体操项目，他有一双温暖而肥厚的小手。孔丘说：天下有道，丘不与之易也。意思是，你牛×，我也牛×，我不拿我的牛×和你的牛×换，我不羡慕你。从小到大，我认真羡慕过的人只有两个，一个是这个体育老师，无论春夏秋冬，一年四季都有新鲜的姑娘屁股摸，特别是在当时的历史条件下，物质贫乏，冬天唯一的新鲜蔬菜是大白菜。另一个是我的外科教授，他主攻乳腺外科，每天早上出诊，诊室里都是小一百对焦急地等待他触摸的乳房。

讨体育老师开心的诀窍是对他很真诚地说："我怎么觉得您长得越来越像马拉多纳了？"体育老师长得矮小粗壮，好像马拉多纳。头发自来卷，好像马拉多纳。热爱踢球，好像马拉多纳。马拉多纳穿阿迪达斯的行头，体育老师省吃俭用，到利生体育用品商店买了一条真的阿迪达斯运动短裤。三月十五号，北京的暖气停了，体育老师就迎着料峭的春寒穿上他的名牌短裤，露出大腿和小腿上的毛。十一月十五号，暖气开始供应了，体育老师的腿毛都冻弯了，才收拾起来不穿了。由于没有换洗的，体育老师的名牌短裤常常油光瓦亮。操场上，太阳照下来，他转过身去，教我们新的一套广播体操。他的屁股光洁如镜，我透过这面镜子，看见过桑保疆的影像，提醒过他拉上裤子拉链。球场上，我们一夸他"太像马拉多纳了"，体育老师就扭动着他油光瓦亮的粗壮屁股，带球优雅前冲，像是过去的武士把护胸的银亮盔甲罩在屁股上，杀向敌阵。体育老师实在没钱再买真的阿迪达斯足球鞋，不得已买了一个仿造的，当时的造假技术拙劣，伪造的彪马，那个美洲豹好像怀了个双胞胎，挺着肚子往前跑。他在西直门服装市场挑来的最真的假货，鞋后帮子上印着阿迪达斯，鞋侧面是耐克著名的斜弯钩。高中足球联赛的时候，刘京伟批发来二元一件的浅蓝色圆领衫，当我们的队服。我和张国栋决定把它们变成名牌。我找了块三四厘米见方的青田石，拿张国栋的阿迪达斯运动服当样子，刻了一个阿迪达斯的标志，蘸着衣物染料印在圆领衫左胸前，就是阿迪达斯。才印出一件，体育老师就听了风声赶来，看了一眼就笑了："假的。"他严肃地指出，造假的第一步不是具备造假手段，而是找一件正品真货。真正阿迪达斯标志的三片叶子是相同的，而不是像三瓣的花朵。我一把扯过张国栋，他马上招供，他的裤子是假的，他以前的臭牛×都是为了满足虚荣心。体育老师慢慢地脱下他的正品真货阿迪达斯短裤，严肃地对我说："只许测量，不许试穿。只许造好，不许造差。"他把短裤递给我，我严肃地接过来，像是接过一面旗帜，的确沉甸甸的，好像连着体育老师半拉屁股的血肉。第二次雕刻，大获成功，体育老师要了三件，他著名的阿迪达斯裤头终于有非常像真的的阿迪达斯上衣配合了，他更像马拉多纳了。

穿了我们造的阿迪达斯，体育老师还是逼迫我们在天气寒冷的时候长跑。"你们现在骂我的娘，但是你们在将来，以及你们将来的老婆会想到我的好处。耐力很重要。"我们跑过饴糖厂，右转，跑过汽配一条街，再右转，跑过机械工程管理学院和兆龙饭店，接着右转，跑过一个公共厕所，跑过中国青年报印刷厂，跑回学校。很快我们就发现了可以坐公共汽车。在数次实践之后，我们下了43路汽车，发现体育老师就等在车站，慈祥地说："以后咱们改在操场跑圈。"三千米要跑十圈，第七圈的时候，我的舌头像狗一样伸出来。后来在床上，我的老婆说，你的耐力真好，听你同学说，你体育在班上是最后一名，你们中学真是先进集体呀，你中学的体育老师是个好人。我想起了跑圈，总有跑完的时候，一圈圈跑吧，我的舌头像狗一样伸出来。在中学的时候，也只有天气寒冷的时候才跑圈呀，夏天在床上跑圈是不人道的。

长大以后，除了在床上，我不跑圈了，改为游泳，下午如果不性交，就去二十一世纪饭店的游泳池游泳，他们有标准的五十米池。张国栋因为我学了医，请教我性交的运动量。我说，一次完整的性爱，包括前戏、后戏和中间过程，大概二三十分钟，运动量和游五百米或是长跑一千五百米差不多。张国栋问我有没有科学根据，我说当然有，我下午不进行两次性爱，就去游一千米或是跑三千米，疲劳程度类似，一千除以二就是五百，三千除以二就是一千五，这是科学，由不得你不信。

下了体育课，我一边擦汗一边往教室走，姓肖的班长叫住我：

"班主任叫你去一趟。"

我正想如何和朦胧诗人班主任探讨诗歌问题，走进办公室的时候，发现教导主任也在，心里一紧。

"你来了，坐。"班主任说。

"我还是站会儿吧，在教室里老坐着了。"我向四周瞧了瞧，方圆五米没有空椅子。

"刚上完体育课？"

"打篮球来着。"

"没听说你会打篮球啊？只听说过你写诗呀。"

"所以才要学嘛。写诗的太多了，不流行了。近年改写小说最流行了，但是小说篇幅长，《北京晚报》登不下。"

"你昨天上午上课了吗？"班主任猛地打断了我的话头。

我一愣。

"我问同学，有的说刚才还看见你，或许去厕所了，我第二节课再来，说你可能吃多了'老城隍庙'的五香豆，便秘，还在厕所面壁反省呢；还有的说你拥军拥属去了，一位白发苍苍的老奶奶突然病倒，无人照顾，你送她去朝阳医院了。你群众关系不错呀。你昨天到底干什么去了？"

"这些我都干过。不过，昨天我病了。"其实，我正后悔昨天逃课，听张国栋说，昨天英语课，长发垂屁股的女英语老师带他们到电教室，为了培养他们的听力，放了一个没字幕的英文原版录像《索菲的选择》。"露了好些肉，我只听懂了一个词，那个女的一直高喊'Dear!Dear!'其他都没听懂。但是朱裳这些女生，表情木然，眼珠子盯着屏幕一动不动，特严肃。"张国栋告诉我。

"那今天怎么又能高高兴兴上体育课了呢？"终于抓到了我的逻辑破绽，而且是在教导主任面前，班主任按捺不住喜悦的心情，眼镜里的双眼炯炯放光，酒糟鼻流光溢彩，红艳欲滴。教导主任还是面露慈祥的微笑，不动声色地听着。

"我病又好了。"

"怎么好得这么快？"

"我看病了。"

"去哪家医院了？有证明吗？"

"我在家看的。"

"在家怎么看？"

"在家自己给自己看。"

"自己怎么给自己看？"

"在家对着镜子给自己看。"

教导主任的嘴角"吱吱"作响，冲呈欲啮人状的班主任使一个眼色，面露慈祥地微笑道："你是一个很有能力的同学，应该协助老师完成对学校的管理。你觉得学校最近的风气如何？"

"有些浮躁。"

"你认为是由于什么原因呢？是不是同学们读了什么坏书，结识了什么坏人，组成了什么坏团体？"我在想象中给教导主任添上一撇仁丹胡，就更像诱骗中国乡村淳朴少年的皇军少佐了。

"可能是天气原因吧。春天了。"校园里软塌塌的迎春花软塌塌地谢了，金银花、连翘又跟着肆无忌惮地黄了起来。"您的学生还是有抵抗力的。坏书、坏人是不会沾的。不是您说的吗，'席不正不坐，割不正不食'，否则怀不了孟子。"

第三十三章
女儿乐

　　教导主任是我们的天敌。在当时，他总是和我们作对，骨子里和我们不共戴天，他是我们心目之中最大的坏人。

　　我们常常想象他如何度过他的一天，他的一天常常是这样的：

　　上午八点钟，准时坐在他的办公桌前。办公桌不大，但是木质不错。油漆工惜材，只上了清漆，让木头原有的漂亮纹理显露出来。办公桌上放了一块五毫米厚的大玻璃板，下面压着十几张全班合影，那是他教导过的学生。照片由黑白变到彩色，学生的衣服也从旧军装或是父母的工作服变到花裙子或是彪马、阿迪达斯的运动服。但他的位置却没什么变动。他坐在第一排，坐在他的学生中间，健康而矜持地笑着，仿佛一名业已成名的雕塑家，周围立着的是他的杰作。如果你想和他找话说，最简单的办法就是问他，这些照片上的人现在都在什么地方风光。教导主任会聊上两个钟头，总之两点：第一，他的学生现在绝大多数都很牛，都在机关单位担任要职；第二，他的学生都非常感谢他，纷纷用各种形式把他们现在的牛×归结于他在中学时对他们的教育，都还惦记着他，每年新年，他都收到一麻袋的贺年卡。教导主任总是沿着办公室的窗户拉一根铁丝，然后从那一麻袋贺年卡中挑出最美丽耀眼的，像晾衣服一样搭在铁丝上，一显摆就是一年。

教导主任常说的话是："自然给孩子以身体，而我们塑造他们的灵魂。"他讲这句话的时候没有感到可怕，感到的是巨大的责任与成就。

他的椅子和桌子是一样的好质地，老婆为他做了个棉垫，夏天也垫着，总告诫小女老师应该学习榜样。"否则会例假不调的。"他讲。

像往常一样，他打了两壶开水，为自己泡了一杯茶，九点钟玻璃板上会有今天的报纸，可以就着茶学习。那些都是很重要的东西，一个教师需要仔细研究以明确塑造学生灵魂的方向。

坐在椅子上，他透过窗户，可以望见办公楼下的小花坛。青草，蝴蝶，花蔓在地上，珍珠梅、榆叶梅、紫薇开在上面。

还有，雕塑。

看到小花坛里的雕塑，教导主任就有一种想使用不文明语言的冲动。半年前两个南方人，说是什么什么美专的，说学校应该面向科学，面向未来，说一个校园要是没有一处雕塑就像小姑娘没有鼻子一样不能容忍。于是校长批了三千元钱，两个南方人白吃白住了四个月。雕塑出来了：一个女学生马步蹲裆高举氢原子模型，一个男学生弓箭步一手高举航天飞船。老师们说那一男一女，怎么看怎么像天外来客，或是门神。

办公楼对面是教学楼，一幢苏式建筑。从俯视的角度看来仿佛一架大肚的飞机：左翅膀是图书馆，右翅膀是实验室，机胸是教室，机腹是兼做礼堂及学生食堂的大厅，机屁股是教工小食堂，机嘴是教学楼的正门。每天，上千个学生从这个机嘴里进进出出，教导主任坐在他木质很好的椅子上都能看得清楚。我们男生他很少看，女生在他眼里可以简单地分成两类：戴乳罩的和不戴乳罩的。不戴乳罩的可以再分成两类：本来就没什么可戴的和本来该戴而却不知道该戴的。数最后一种女生可恶。她们与学校的不良气氛有直接关系，教导主任常常这样想。

"不建学校，就得多建监牢。学校人少，监牢中的人就会多。学校办得差，监牢中就会人满为患。"他在教师会上讲这番话的时候感觉自己像个将军，"中学生，说到底还是孩子。正处于人生观、世界观形成阶段，像一块未琢磨的璞玉，未着色的白纸。不是他们缺少问题，而是我们缺少发现。"有人从新疆回来，送了教导主任一块沁色美丽、晶莹润滑的仔玉。教导主任想起两句《诗经》，"如切如磋，如琢如磨"，觉得应该成为自己教育生涯的座右铭，就让玉工用隶书体将这八个字刻在仔玉上，还打了一个孔儿，穿了一条古铜色丝带，系在裤带上，间或把玩。教导主任上厕所的时候，张国栋仔细观察过。张国栋告诉我们，教导主任的内袋和他腰上系的仔玉，大小形状都很类似。内袋不能经常露在外面，不能当众把玩，就用这块仔玉取代了。

在教导主任眼里，怎么可能没问题呢？就像有些花要香，有些雨要下，有些娘要嫁一样，有些人从小注定不安分。

我们几个在很早的时候就和教导主任结下了冤仇。

高中第一个学期伊始，我们几个在操场上等待开学典礼开始，没什么事情干，借口桑保疆嘴上不干不净，把他一顿乱摸。桑保疆急了，抄起一块砖头。我们掉头就在前面跑，桑保疆在后面追。我跑到宣传栏边，冲桑保疆一吐舌头，桑保疆砖头出手，我一低头，宣传栏二平方米的大玻璃应声碎掉，宣传栏的高光人物们横七竖八地散了一地，却依然庄重地横眉立目。在教导主任的调停下，赔偿宣传栏玻璃的钱，由我和桑保疆平摊了。

即使这样，桑保疆还是痛恨教导主任。为了迎接亚运会，每个在北京的中学生都被逼着用一块钱买了一张亚运彩票。刘京伟和张国栋刮开，是"谢谢你"。我刮了一个五等奖，可以兑换两块钱，还没出门，就被班主任语文老师拦住，被逼着又买了两张彩票，再刮，自然是"谢谢你"。桑保疆刮完之后，奇怪地一句话都没说，但是一张大脸都憋紫了，等班主任语文老师走出教室，他吐出一口长气，说："我……我……我……得了一等奖，五百元钱！全学区就这么一张！"我们一起扑上去看，果然是一等奖。我当时毫不怀疑，我这辈子都挣不到五百元钱。桑保疆接着说："五百块，我能看几百场录像，买上千串糖葫芦，买呼家楼葫芦王的，五毛钱一串，掏空山楂，填上豆沙和核桃仁的那种。五百块，如果发给我的是一块一块的票子，我数都要数半天。五百块，我存到银行，每月的利息都够我吃冰激凌的。你们没手气，没你们的份儿。顶多，请你们吃次门钉肉饼。"我们一起说："Thank you，撒泡尿。"肖姓班长很快就跑来告诉桑保疆，教导主任叫他去办公室一趟。"肯定是问我是要现金还是一个银行存折。我要银行存折，否则出不了学校就被你们抢跑了。"桑保疆去了一个小时之后，大喇叭广播，召集全体同学到操场集合，我们到了的时候，桑保疆已经站在了领操台上，那是我记忆中他唯一一次站在领操台上，旁边是气定神闲的教导主任。桑保疆低着头，红着脸，像是家里刚着了火或是死了人。人到齐了，在操场上黑压压一片，桑保疆接过教导主任递过来的纸条,念:"祖国,是我们的母亲,她有锦绣的河山、悠久的历史、灿烂的古代文化、光荣的革命传统,以及优越的社会主义制度。她经受了苦难的折磨,正在焕发青春,展现新颜,走上中兴的道路。'我爱社会主义祖国''团结起来,振兴中华!'是我的心声。崇高的爱国主义,是建设社会主义的巨大精神力量,它正激励我树立远大的革命理想,为祖国的繁荣富强贡献青春和我的一切。我是高二(3)班的桑保疆,为了祖国,为了亚运,为了我们的学校,为了我的班集体,我自愿将亚运抽奖得到的五百元钱捐献给国家。"领操台下,掌声如雷,桑保疆哭了,然后又笑了。桑保疆在我们的搀扶下回到宿舍,他在那天的剩余时间里一直在说话,说的只有一句:"×他妈的教导主任,×他妈。"

在教导主任眼里,还有另外一些人,从小就注定让别人不安分。比如翠儿,比如朱裳,女孩是好女孩,脸好,腰好,腿好,都好。可是想起校门口那些不三不四晃来晃去的小流氓,多数都是等翠儿和朱裳这样姑娘的,教导主任不由得叹了口气。

"怎么可能没问题呢?听说校园里流传着一些黄书,不是手抄本便是国外的黄色画刊。还有他们自编的黄曲儿。联系起来,问题就清楚了,先是看了黄书,激发这些臭小子的创作欲望,于是有了黄曲。还有厕所……"想起厕所,教导主任又有了一种想使用不文明语言的冲动了。

"这帮小混蛋！摊开作文纸，好人好事、'记一次有意义的活动'，打死也写不出八百字。进了厕所，也不知道为什么有那么多的话要说。"不仅有中文，还有英语。不仅有普通话，还有方言。不仅有文字，还有插图。不仅墙上有，门上有，水泥地上也有。教导主任刚让工人把一块不平且常常积尿的地面用水泥补平，回来就发现未干的水泥地上多了一条薛蟠填的词："女儿乐，一根鸡巴往里戳。"不仅有原创作，还有改编，再创作，或许好好一部《金瓶梅》就是由于这种机制沦落成淫书的。教导主任在一个大便池方便的时候，看到一首小令："穿过一片黑森林，见到一个小矮人，打开两扇大红门，进去一个流氓，留下两个坏蛋。"等他带着油漆和刷子回来准备抹掉的时候，便池里多了一截没冲干净的大便，那首小令也已经被改成："……进去一个教导主任，留下两个坏蛋。"

"明天一定找人用黑漆把大便池的门全部油一遍。"教导主任反复在楼道里和我们班主任说。

第三十四章
《西方美术史》

下课铃响了。

一、二楼的低年级学生从各个教室涌出教学楼，大呼小叫，手里挥舞着乒乓球拍，像村民执刀械斗般冲向楼下的水泥制乒乓球台。高年级学生在楼上窗口不怀好意地看着，瞧准时机扔下一把粉笔头，等低年级的小弟弟小妹妹们仰头准备咒骂列祖列宗的时候，再把自己身后一个无辜的人推向窗口。

我瞥见在这一片嘈杂声中他们姓肖的班长庄重地从椅子上站起来，抻了抻衣襟让运动服上"阿迪达斯"三叶状的商标更加舒展，右手掠了掠头发，向朱裳的座位走去。我们生产出逼真阿迪达斯圆领衫之后，班长是唯一一没向我们要的，自己去买了一件，他的"阿迪达斯"是绣在左胸口上的，和我们的印刷作品明显不同。

张国栋从骨子里瞧不上他，觉得像他这样一个面白无须、爱打小报告、好色却绝对作风严谨的人应该生活在那个太监属于正当职业的年代。其实，张国栋也承认班长还是挺出众的，脑子没有任何出众的地方，除了出众的仔细。仔细地做每一件事情，仔细地说每一句话。或许就是这种仔细让他当上了班长。听他小学的同学讲，小学的时候，教室前面挂毛主席的像，他就很认真地看着。到了中学，主席只在天安门凝视广场上照相留念的人民和长安街上过往的车辆，班长便习惯性地把那种敬爱的目光投给班主任，并且能背出班主任所有发表过的朦胧诗，比对毛主席诗词还熟悉。于是班主任就像指定接班人一样表情严肃地把班长的职务交给了他，并且尽可能地伙同其他老师尽量给他高分。她教的语文自然不用说，她说"拟人和排比用得好，作文满分"，没人和她争。数学老师就不像话了，他给肖班长步骤分：写个相干不相干的方程，给分。写几个步骤不计算，给分。写个单位，给分。实在不行了，就说："他虽然写错了，但是我知道他是怎么想的。他的思想是对头的。"

张国栋跟我讲过，三楼男生厕所第二个蹲坑的门上有两行字："到哈佛读书，做朱裳老公。"

张国栋说："咱们班长理想远大。我认得他的字。俗甜。"

"你的理想呢？"我问。

"挣钱。还有……"

"什么？"

"如果我和咱们班长的理想都实现了，我就尽全力让他戴绿帽子。开了奔驰600到他家楼下，用手机和朱裳叙旧。不急不躁，慢慢地聊。聊第一次请朱裳跳舞，朱裳夸我乐感好，步子踩得特别顺畅，不会跳的姑娘也能被带着满场跑。我夸朱裳轻，一推就走，手一勾就回到我的怀里来。聊到两个人都觉得烦了，不约而同地在晚上十二点来到学校操场，两个人相依而坐，周围一片黑暗，除了熬通宵打麻将的灯光和窥探我们的星星、月亮。大地一片静寂，除了我的呼吸和朱裳的心跳。一定要绿化了他，让他绿透了心，让他绿得萎而不举、举而不硬、硬而不坚、坚而不久、久而不射、射而不能育，被迫满大街找电线杆子，顺着上面的广告钻胡同找老军医，最后受骗上当，一针下去再也抬不起头。然后和他的女儿混熟，去迪厅、歌厅、饭店、酒吧……见尽物欲横流，让她一回家就觉得家里憋气，看见她爸就憋气，有空就质问朱裳'您为什么让这个人成了我爸爸？'……"

肖班长走到朱裳身边，用右手食指轻轻敲了敲朱裳的课桌，等朱裳意识到他的存在，左手一伸，递给朱裳一本《西方美术史》。

"还给你，多谢了。真是挺好看的。现在这样好的装帧已经不多见了。'三联'版的书就是高别人一等，价钱还特别便宜。是在哪儿买的？"

"三味书屋。"

"怎么走？我也想逛逛，但是对西边不熟。"

"天安门再往西骑。"

"哎呀，我最怕找地方了，明天上完课，陪我去一趟好不好？就算帮助同学了。怎么样？晚饭我请，西单附近我熟。"

"我也忘了怎么走了。"

"是吗，那就算了。这本书里你最喜欢哪幅画？我最喜欢米开朗基罗的那幅壁画，《创世纪》。那么宏大、深确、有力量。中国人是万万画不出的。除了远古时代的岩画，中国人没画出过什么有男人味的东西。米开朗基罗真是了不起。"

肖班长的"米开朗基罗"五个字发得字正腔圆，发音的时候脸上有股不细看看不出的得意。

我从旁边课桌上爬起来，睁开半睡的眼睛大声问："你知道米开朗基罗为什么味大吗？"

"他是天才。庸俗的人不能贬低的真正天才。"

"不对。因为他从来没洗过澡。他坚信洗澡会伤元气，所以每当他想洗澡时，就静坐一会儿，然后给自己身上洒一点香水。日久天长，腋窝味、脚泥味、汗碱味和不同种类的香水味混在一起，于是他就味大了。"

朱裳笑了笑，没说话。

虽然周围一片嘈杂，但是还是有人在注意这边。肖班长小声嘀咕了一句："庸俗，无聊。"

我不怕班长会给我穿小鞋。我老爹最近升官了，比班长的爹官大两级。刘京伟的爹比班长的爹官大三级，且与班长的妈妈关系暧昧。班长的爸爸在纺织口里管着一堆如花似玉的模特，刘京伟的爸爸提醒过去的相好小心些。班长的妈妈一撇嘴："就他？"仿佛李隆基不相信高力士能干什么。

"杨贵妃讲：'香皂我只用力士。'"刘京伟劝他爸爸把这句话说给老相好听，让她不能太松心。

我喜欢看朱裳笑。他坐在朱裳旁边，朱裳笑的时候，我总有一种冲动想抱抱她，让她笑进自己的怀里。

"班长，你读了这么多书，我再问你一个难点儿的问题：贝多芬为什么不用这个手指弹琴？"

我伸出右手的食指。

班长毕竟是有身份的人，知道我可能在涮他，又不知道答案是什么。一笑，很矜持地一笑，走回自己的座位去了。

但是对于我这种天赋好、后天训练又严格的厚脸皮没有多少效果。"猜不出？因为这是我的手指。"

"朱裳，"我小声对朱裳讲，"其实咱们班长也很味大，也很神秘的。过去半年我有几个问题总是搞不懂：一是建筑工地上那些老吊是怎么样一节节升上去的；二是咱班长的分头怎么会一丝不乱。第二个问题我昨天知道了。"

"因为有一种叫'摩丝'的东西，抹上去，梳一梳，张飞变美女，头发就一丝不乱了。"我接着说。

第三十五章
《新婚必读》

昨天，翠儿去我的房子找了我。新整的头发，刘海儿在前额俏俏地弯着，一丝不乱。

"刘海真好看。"我伸手轻轻碰了碰，硬的。

"使的'摩丝'。"

我开门进来的时候，翠儿已经坐在里边了。翠儿有我房间的钥匙。

"我说过的，钥匙少使。"

"怕什么？怕我闯见你睡别的女孩？如果是朱裳嘛——你别用那种眼神看着我，你不用蒙汗药上不了手的，她会留着把自己的童贞献给她未来的老公的。如果是别人，我会像现在一样安静地坐着，看着等你完事。"

"你今天怎么这么大气，又哪个靓仔不爱理你了？我为你守身如玉，不怕别人，我是怕我老爸老妈进来看见你，又要给你难看，又要质问我为什么和不良女少年来往了。"

"我不是把着厕所门吗？开门的要不是你，我会一个箭步蹿进去，反锁上门，憋死你的双亲。瞧你妈见了我的样子，好像我和鬼故事有密切联系似的。"

"先臭死的是你。别太怪我妈，她总怀疑是你夺取了我的童贞，这倒也是真的。你怎么知道是我在开门？"

"你是天生的淫棍。你把钥匙插进孔里，总会很动情地吹一声口哨，仿佛你插进别的孔里似的。"

"知音，同志！"我的手握住翠儿的，翠儿一笑，就势软进我的怀里。和翠儿在一起，我是我自己。不用隐藏，不用伪装。很自然也很自在，自然得就像风会吹，雨会落。自在得就像两个人一直喜欢同一个牌子的烟，同一个牌子的啤酒，啤酒喝到三瓶，心里会有同样的意乱情迷。

"头发长了？"很多时候，我会想起翠儿，特别是累了，烦了，忍不住地幻想翠儿会出现在身边。可以把头靠在翠儿肩上，抱抱，擦擦，胡言乱语，唠唠叨叨，惊世骇俗，说伤大雅的话。

我把头埋进翠儿的颈后，她的头发光滑而香。

这是一件不可思议的事情，只要我的手顺着翠儿的头发滑下，闻到洗发水味掩不住的发香，我的下身就会在瞬时间硬起来。我并不是一个很敏感的人，我们的教导主任比我们敏感多了。我记得曾经有幸和教导主任同在公共厕所小便过几次。男厕所的小便池上方，有一个开得很大的窗户，半人多高，站在小便池上小便的时候，肩膀以上暴露在外，可以清楚地看到隔壁女厕所里进进出出的女生。有一次，我和教导主任几乎同时庄严地登上了小便池，拉开拉链，我看见教导主任腰间那块"如切如磋，如琢如磨"的玉坠子。我们几乎同时开始，几乎同时结束，在开始抖一抖我们的小弟弟的时候，几乎同时看见朱裳从厕所出来。我还能继续抖干净，却发现教导主任蓦地直立了起来，抖不动了。他庄严地咳嗽了一声，生硬地系上裤扣，看也不看我，出去了。

"这次做头发还去了一点呢，发梢有点分叉了。臭小子，说，多久没好好看我了？多久没好好抱我了？想不想我？"

"想。"

"追人有意思吗？"

"我没追，张国栋在追，我给他助阵。我答应张国栋，那个姑娘对他有意思，我的座位就让给他。张国栋说，现在的味道还是如同嚼蜡。"

"那是他没有这种口福。你助阵？还是等待张国栋阵亡，自己脱了裤子上？"

"嚼蜡也是一种味道。"

"嚼蜡的时候有没有更想我？"

"有。"

"哪儿想？它想不想我？"翠儿这句话是咬着我耳朵垂儿说的。说完，翠儿就势往下亲。

"最想。"我说。

我想起第一次，一年前的第一次。天气也像现在，刚下完雨，天刚放晴，空气里一股泥土香。两个人坐在这张床边上，床上也是妈妈前一天刚晒完的被子，被子里一样有一股太阳的味道。翠儿问的也是"想不想我？"也是就势从耳朵垂儿亲起。然后下颌，然后颈，然后胸口，然后大腿，然后我的小弟弟。在翠儿面前，只有在翠儿面前，我停止思考，它替代我的大脑，全权主导我的行为。我一丝不挂，饿了吃，渴了喝。我的血液从大脑里流出来，充盈着它，它抬起头，说，抱紧她。我就抱紧翠儿。它越来越大，它说，怎么办呀？我就问翠儿，怎么办呀，翠儿？翠儿没说话，手牵着告诉它，放进正确位置。它说，我热。我就问小翠，我快不行了，怎么办？翠儿说，不行了就别挺着了，第一次，时间已经够长了，可以出来了。我叹口气，出来了。翠儿拍着我的肩背，安抚说，挺好的，累不累？

翠儿讲，我的身体里有一种与众不同的东西，她没有足够的耐心理解，但她有足够的耐心可以把它亲出来。那天我的小弟弟很胀，让我想起吸饱了水就要发芽的种子，想起小时候看电影西藏女奴隶主鞭打男农奴时自己身体里的变化。真的很胀，仿佛心里烦得不行喝了无数的酒第二天胀胀的头，仿佛第一次用爸爸的剃须刀刮净嘴上的乳毛，胀胀的上唇。

像第一次一样，翠儿发育很好的身子仿佛丘陵间起伏的小路。

"你躺着，不说话，真好看。"

我在两个人之间清楚地体会到什么是自己有的，什么是自己求的，就是不知道这一切的意义与结果。我只有不停地跑，跑在乡间起伏的小路上，窗外高耸的塔楼群是某种树林，你只要不停地跑，你的下身就可以透明，照亮前面的路。可是为什么跑呢？因为胀。可是为什么胀呢？因为有人喜欢它。可是为什么有人喜欢它呢？因为它有东西。可是这种东西真的与众不同吗？扯淡。跑到终点又怎么样呢？

我想起前些日子上的一当。我打完篮球，汗流浃背地坐到座位上，发现座子里有一个包装精美的小盒子。心中暗喜，"又是哪个暗恋我的小姑娘呀？"剥开蓝底带黄色小熊的包装纸，里面又是一层红色带黄玫瑰的彩纸，剥开，又是一层绿色带柏树图案的纸。打开第四层，终于，看见纸盒子了，我屏住气，小心打开，一张叠成心形的纸条，展开纸条，上面两个字：

"傻逼。"

张国栋看了，笑个不停，说，像是肖班长的字迹。

现在身子下的路，以及心里放不下的朱裳是不是都是这样的一个包裹了无数层彩纸的纸盒子呢？

乡间的路越来越起伏，越来越嘈杂。

"小声点。"我斜了一眼五层，朱裳的内裤还在衣架上晾着。

"哦——啊！这时候你爹妈还回不来，你怕谁听见呀？邻居？邻居肯定以为又闹猫了。哦——啊！"

"小点声。"五层的阳台上，白地粉花的内裤随风摇摆。

"哦——啊！好吧，那得让我亲亲你。"翠儿用我的脖子封住自己的嘴，两片嘴唇用死力气。

"痛！"

"我心更痛。"

"痛。"

"明天你的脖子上就会有一块唇形的暗红的印儿，红得就像谢了的玫瑰。书上说那叫春印儿，明天你就可以戴着它上学了。你的同桌如果真的喜欢你，又足够聪明细心，会注意到的。"

我只有不停地跑，自己越来越累，脚下的路越来越狰狞。我终于感到不行了，我不跑了，跑又能跑到哪里去呢？

"你真能干，你要自己保重。"她是对我的小弟弟说的。像第一次一样，她又开始欺负它："你这会儿这么乖了？我给你唱支歌好不好？你知道吗，我在一家商店看见一个闹钟，下次买来送给你。这台闹钟会说话，定点到时了，它就会叫：'起来了，起来了，坚持不懈。'秋水，你不许睡觉，你不能仗着年少力强就不讲技巧。你有没有读过《新婚必读》？"

"不用读，我都懂，我自己都可以编了，不就是'完事之后，继续爱抚，不要睡觉'吗？但是你体会过这种事情做完后一个处男的苦闷吗？需要时间来想想英雄人物，想想今天学的氢氧化钠、双曲线方程。所以，我要睡觉，一个人。"

翠儿带了随身的小包去了厕所。小包里有面巾纸、小瓶的洗面奶、玉兰油、摩丝，摆弄几下，刘海又在前额俏俏地弯着，一丝不乱了。

"你应该先去小便一下，不管有没有尿意。这对你的身体有好处。《新婚必读》上说的。"

我没回答，从床上坐起来，开始整理床。主要是从被子、褥子上把长头发一根根摘出来，团成一团扔进马桶冲掉。

有一次我出门赶上大雨，一包"希尔顿"湿在裤兜里，老娘洗的时候查到我没捡干净的烟丝，便像阿基米德发现浮力定律之后一般，满屋子地奔走呼号："我终于发现了！我终于发现了！"从那以后我总是分外小心，甚至春梦之后的短裤总是马上脱下来自己洗掉。以至于老娘暗地里常向我爹嘀咕，这孩子的生理发育是否正常。

第三十六章
麒麟汽水

春光明媚。

亮丽的太阳，懒洋洋的风，风托了漫天的柳絮杨花笑着追人跑。花褪了，早春的叶子嫩得让人心情愉快。爱打扮或是不太怕冷的女生们换上了裙子或是纱质半透明的衫子，走在你前面，迎了光，可以看见身体运动时的变形以及乳罩后襟细长的深色阴影。

我缩在我靠窗的座位里，人也懒懒的。望着烦躁的窗外的春，柳絮在飞。想起那句庸俗的宋词："柳径春深，行到关情处。靥不语，意凭风絮，吹向郎边去。"

奇怪的是朱裳很少在我的春梦里出现。在梦里，朱裳基本上是残缺而模糊的，是一个眼神，一个表情，一缕头发或是伸出的一只白白的手。梦也总是那种黎明时黑夜与白天交接的蓝色。好像什么也没有说，就像平时两个人也没说过太多正经话。如果有什么活动，就是走，走来走去。朱裳在，有两三里垂柳堤岸就够了。"行到关情处"便是走到动情处了。手不必碰，眼不必交，只需两个人慢慢走就好了。有些心思，想不清，分不明。就像这酿在春光中的柳絮。有些心思也不必说出口，也不必想清楚，好在有柳絮。柳絮会带着柳絮一样的心思到她的身边去的，让她一样地心乱、心烦，一样地不明白。

更奇怪的是，在现实里，我从来不知道，朱裳是什么，应该如何对付。朱裳成天就坐在我旁边，是肉做的，是香的，但是比睡梦里更加不真实。我不知道自己在朱裳这里是怎么了，一点不像我自己。我瞧不起自己。强暴？不敢想。梦？梦不到。像张国栋讲的，"不强暴也找个机会强抱一下，听听群众反映"，却也不知从何抱起。就像维纳斯的胳膊，放在什么地方都别扭。一直想打个电话，在某个风小些的春天的晚上，叫她出来，也不知道找个什么理由，嘴被封住，话都被胃囊消化了。

放学，我决定回家。我们一块儿推车出校门，门口有一辆银色的"皇冠"停着，张国栋后来说是鼠皮色的。朱裳走近的时候，车门打开，两个穿西装的人钻出来把朱裳拦住。我、张国栋、刘京伟的步子放慢，朱裳聊了几句，一脸的不高兴。平时，朱裳虽然不爱说话，但从没有把不快堆在脸上。

我停了下来。张小三后来说，他很少看见我的眼睛里充满这种凶狠躁戾之色。

那两个人长得蛮帅。领带也不像是从小摊买的，蓝底红花。张国栋、刘京伟是我见过的长得最有男人味道的男孩，比起那两个人来，还是一眼就觉得嫩得像青苹果。

那两个人一脸的和颜悦色。朱裳只是摇头，手死死地插在牛仔裤兜里：

"我要回家。"

其中一个人抓住朱裳的胳膊："没事，吃顿饭，唱唱歌，然后我们一起送你回家。挺好的天。好久没一起玩玩了。"

朱裳摇头："我要回家。"

"是不是功课还没做完？真是小妹妹。要不然像以前一样，我们先帮你对付完作业再去玩？"那人的手还抓着朱裳的胳膊。

朱裳摇头："我要回家。"

我听到朱裳说到第三遍"我要回家"，把手里的车摔在地上，我尽量平静地说："把手放开，人家不乐意。"

"你谁呀？"

"她同学。"

"是么？"拉着朱裳的男人问朱裳。

朱裳点头。

"江山代有玩闹出，咱们老喽。"两个男人相视一笑。

"别废话，把手放开。"

"要是不放呢？你嘴唇上的胡子昨天第一次剃吧？"

我下意识地把手伸进裤兜，兜里放着把弹簧刀。

这把刀是很早以前从云南带过来的。最近，和我一起受老流氓孔建国教育中的一个小流氓刚把一个呼家楼的小痞废了，自己去河北躲风头了。小痞的发小们纠集了一帮人叫嚣要报复，时常拎着链子锁、管叉之类的在校门口晃悠。我怕找上自己，没一点准备，就请老流氓孔建国开了刃，老流氓孔建国说钢一般，但是很亮，在阳光照耀下阴森怕人，而且弹簧很好，声音清脆，所以这把刀最大的威力就在于弹出来那一下子吓人。

现在，我不想吓人。

学校门口的汽水摊就在一步之外，卖汽水的小姑娘正怀着忐忑不安的心情欢快地关注着这场热闹。我一步跨到汽水摊，抄起两瓶麒麟汽水，先将左手一瓶砸在自己头上，瓶子在我的头上碎开，血和黏甜的汽水顺着头发流下来。那个人还没有醒过神来，我已经将右手的另一瓶抢到他头上，更多的血同汽水一起从那人剪吹精致的头发上流下来。他抓朱裳的手慢慢松开，身子也慢慢瘫软到地上。蓝底红花的领带像个吊死鬼的长舌头一样无力地舔着地皮。

我剩在左右手上的两个半截汽水瓶对着同来的另外那个人，半截汽水瓶犬牙交错的玻璃上夕阳跳动，直指着那个人粉白的一张脸。刘京伟和张国栋已经伸手从书包里掏家伙。

"带你的朋友去看医生吧，朝阳医院离这儿挺近的。"我说完，把半截瓶子扔在地上，掏出两块钱递给卖汽水的小姑娘，然后扶起自己的车往家走。朱裳跑过来挽住我的胳膊，我感到朱裳微微靠过来的身子和一种被依赖的感觉。

"你也上医院去看看吧。"朱裳后来说，她挽住我的手时碰到我的单衣，她记得我的单衣下面的肌肉坚硬如石。

"不用，还是一起回家吧。"

挽着自己的朱裳没有太多的表情，身上还是那股淡淡的香。我忽然想，为了这种被依赖的感觉付出一切或是在此时此刻就地死掉，绝对是种幸福。

朱裳陪我走到四楼，在我的房门外停下来，她随意顺着楼道的窗户向外望了一眼，要落山的太阳将天空涂抹得五色斑驳。下了班的人手里拿着从路边小摊上买的蔬菜和当天的晚报，面无表情地朝家中走去。胳膊上戴着红箍的老太太们，三两成群，瞪着警惕的眼睛，焦急地盼望社会不安定因素的出现。

"还是看看医生吧。"朱裳说。

"不用了。"

"今天的事，多谢了。"

"不客气。"

"那我回去了。"

"要不到我屋里坐坐？"

我察觉到朱裳思路里明显的停顿，楼道里开始有脚步声，下班的人陆续回来了。朱裳说："改天吧。今天心里有点烦。我不知道。"

我回到屋里忽然感觉天地一片灰暗。我走到桌子前，拿起凉杯给自己倒了一杯白开水。水进入咽喉的时候发出了很大的响动，几乎吓了我一跳。拉上窗帘，现实和感觉统一起来，变得一样昏暗。这时候，我听见了一种有节奏的声音。我瘫坐进沙发里，那种声音单调恼人，头疼得厉害，我听见头部血管的跳动，就像小时候拿一根木棒拨动公园围墙的铁栏杆，如果出神听，单调而有节奏的声音会形成一两个固定的词汇，不同的人可以听到的并不相同，仿佛夏天的蝉声，有人说是"知了"，有人说是"伏天"。我耳朵里的声音越来越大，节奏越来越快，反复叫着一个名字："朱裳、朱裳、朱裳。"我听不下去了，头疼得厉害，那声音是从脑子里面发出来的，就像是颅骨沿着骨缝一点点裂开，互相摩擦着似的："朱裳、朱裳、朱裳。"

第三十七章

奶罩

天开始热了。

北京的天气就是这样。冬天不很冷，却很长。某一天一开门，忽然发现花红了，柳绿了，春天了。然后就是风，便是沙，然后便开始热。北京的春天短得像冬眠过后的小熊打了个哈欠，打完便已经是夏天了。不过，春天的花刚谢，女孩的裙子就上身了，所以在人们的感觉中，天地间并未缺少些什么。

课还在上，语文课。

我累得不行，眼睛半睁半闭地歪在桌子上，半听半睡。昨天的麻将打得太辛苦了。

过去的一个小流氓卖内衣发了笔小财，请大家随便到他的窝去聚聚。聚在一起能干什么呢？

吃饭，麻将。

"奶罩。我说秋水你还念什么书呀？"自从他做起内衣生意，就开始管二筒叫奶罩，并说二筒是他的幸运张儿，不到万不得已不会出的。他还到地摊上买了一个岫玉的二筒，打了一个眼儿，戴在脖子上。后来，他发达了，美国"维多利亚秘密"的奶罩，有一半出自他的工厂。他眼睛一点五的视力，还是戴了个眼镜，说是像奶罩，脖子上还是挂了一个"二筒"，但是已经是老种玻璃地儿翡翠精雕的了。他还盖了两栋小楼，连廊连接，远望仿佛奶罩。小楼前一个小池塘，仿香山眼睛湖。他女儿的英文名字叫维多利亚，从小立志要当乳腺外科大夫。大家都说，还好，他不是做马桶生意的。

"跟，奶罩，你们别打击秋水，咱们这堆人渣就剩这么一个还正经念书的了，得重点保护。"

"三条。"

"打三条是不是想骗小弟弟吃，给你。秋水，以后要是想让人请你吃饭了，或是想抱姑娘了，就跟咱们说一声。"

"一万。你别自作多情了，秋水还要你帮忙找姑娘？"

"听说你的同桌是新一代绝色呀，你念书真的是想当陈景润呀？不能够吧？"旁边看牌的一个姑娘说，眼睛瞟着我。

"南风。好好打牌，话那么多，瞧我把你们的钱都赢光。"

"月经（红中）。听说你同桌的妈妈就是老流氓孔建国常挂在嘴边上的那个人呢。"

"跟，月经。秋水心术就没正过。"

"七筒。老流氓孔建国早讲过，秋水的心术正不了。"

"吃，六筒。你们有完没完？"

"三万。给你吃，你还抱怨。"

那三个家伙都带了姑娘去，坐在他们后面用胸脯轻轻煨着他们。也娘的怪了，贩内衣的一上听，喊一声："我要自提。"摸牌前手先狠狠地捏搓一下偎在他身后的姑娘的手，一抓准是想要的牌。

"不行了，大赤包不过连了十二把庄，这都连了六把了。姑奶奶帮兄弟个忙，姑奶奶的手太壮了，拿着钱，去买箱啤酒，离开你那个奶罩贩子哥哥一阵子，多谢多谢。你要是老让他这么先摸你的手，接着就摸和牌的张儿，我们只好假装上厕所摸自己去了……"

北京白牌啤酒买来，一人一瓶，对着嘴喝。原来输的两个人渐渐缓上来，我还是输着。

"秋水，最近是不是情场太得意了？否则赌场上怎么会这个样子。怎么样，抱上去感觉好不好？有没有搞定？有没有一针见血？"

"你们算了吧，我连手都还没碰过呢。你们不知道别人还不知道我，这么大了，除了自提还是个童男子呢。"

"永远是处女。和她们一样。"内衣贩子指了指看牌的三个女的。

"那我们今天晚上就一起把你变成处女，永远的处女。"三个女的和着声，恶狠狠地说。

三瓶啤酒下肚，我觉得稍稍有点晕。另外三个人还在"凶杀色情"地胡说八道着。或许自己真是不行了，连"酒色"都不行了，还有什么行的呀？真是对不住老流氓孔建国的教诲。

　　回家的时候，肚子里已经灌了六瓶啤酒了，感觉上头比平时大了很多。

　　人的脊柱里有盏灯，一杯"二锅头"沿着脊背下去到脊柱的一半，那是人的真魂儿所在的地方，一团火焰就燃烧起来了。啤酒柔得多，要几瓶，时间要更长，灯也点不了太亮，飘摇着，就像一盏破油灯。油灯里的世界与白天里的不一样，与无光的黑夜里的也不一样。世界更加真实而美丽。

　　天已经有点发白，月亮仿佛一块被啃了一大口的烧饼，剩在树梢。

　　"大概快早上五点了吧。"天是有点亮了，我从楼下依稀望见朱裳家的阳台上白地粉花的内裤飘摇。

　　"我没怕过什么人，也没信过什么。但我相信我将来会富，会成为一个有钱人。是不是男人就不该真的爱上什么人？就该搂完抱完心里什么也不剩？这样才能睡得着，吃得香，说起话来才能不顾忌，干起事来才能特玩命，才特别特别地像个好男人？这样，对，这样，就有许多女孩来喜欢你，然后你在搂完抱完后心里什么也不剩。难道喜欢就是因为你不能放开了去喜欢？真他妈的见鬼了，见大头鬼了。可是是不是真的爱上什么人不是由你定的，你妈的，到底谁定的？到底谁管？凭什么呀？凭什么要喜欢你？凭什么？凭什么？"我想大声喊，喊醒所有的人，包括这个楼上的，父母单位的，包括学校的同学、老师，包括老流氓孔建国、朱裳妈妈的老相好，喊醒所有睡着了的人，让所有的人都知道，自己在鬼哭狼嚎，自己在鬼哭狼嚎地喜欢着一个姑娘。

为什么现在不是一千年以前？做屠夫的如果胳膊粗，可以像樊哙一样挥舞着杀猪刀去取人首级。如果舌头长，可以周游列国搬弄是非。哪怕阳物伟岸，也可以插进车轮，定住马车，让武则天听到谣言招进宫去。即使现在是一百年前，也能把朱裳抢上山去。在过去，斗殴和强奸一样，都是生存手段，现在都要受法律制裁。

现在是现在，街上有"面的"，路灯会定时熄灭定时亮起。现在能干什么呢？

"我这回真的信了，我信了还不行吗？"我听见我自己的声音突然变小，变得轻柔，"如果这辈子我能娶到朱裳，就让她屋子里的灯亮了吧！亮了我就信了。"

"让灯亮了吧。"

"亮了吧！"

那盏灯突然亮了，一点道理没有地突然亮了，在我念第三遍咒语的时候亮了。

我一路小跑，躲进我的房间里。

第三十八章
板肋与重瞳

课还在上，语文课。那个班主任语文老师病了，对外宣称是被我们气的。胆囊结石，胆管结石，要住院做手术。我和张国栋认为是她的诗才太盛，但是表达能力太差，郁积在胸，变成了胆囊结石和胆管结石。张国栋还说，语文老师做完手术，应该把取出来的结石留着，可能有法力的，磨成粉冲服，能治心烦。我说，还是把结石粉倒进一瓶鸵鸟墨水里，钢笔灌了这种墨水，下笔就是《梦游天姥吟留别》。

代课的语文老师是个男的，和数学老师一样，有个硕大的脑袋。他的大脑袋总让我想到学校对面的"步云轩"。

步云轩号称是家古董店。西汉的铜雀，东汉王莽的"一刀平五千"，女人的景泰蓝镯子，包金戒指，劣等的青田石，八毛钱一张的宣纸，泥猫泥狗，仿郑板桥的竹子，情人卡，贺年卡，冲洗相片，公用电话……什么都有，仿佛代课语文老师的大脑袋。店主是个精瘦老头，留山羊胡子，张国栋说他有仙气，刘京伟说他是傻×。店主喜欢张国栋，有一次偷偷送给张国栋一个岫玉环，说是明朝的，粗糙但是有古意。他跟张国栋说，行房的时候，套到根部，高潮迭起。店主重复了几遍"高潮迭起"，张国栋问，什么是行房？为什么要高潮迭起？后来张国栋拍电影，管广泛存在在北京的、像步云轩店主这样的人，叫作北京的文化沉淀。

代课语文老师仗着他的大脑袋，精通中国文人的传统绝技：牢骚与胡说八道。比如讲到中国知识分子，一定会讲自己当"右派"时受的迫害，说他曾一度想自杀，跳到河里喝了两口水，觉得不好受，想了想，又上了岸。比如讲贺敬之的《回延安》，至少要讲当时青年去延安，主要目的是逃婚。比如讲公子重耳时，至少要讲重耳的板肋与重瞳。板肋就是排骨中间没肉，连成一块。重瞳就是一只眼睛里有两个瞳仁，天生的四眼，很吓人。如果讲台下的女学生们听得入迷，双手托腮，腮帮子白里透红，语文老师还要讲起重耳像女人珍视她们乳房一样珍视他的板肋，时常抚摸，他逃亡的时候，有个国君趁他洗澡的时候偷看了一眼他的板肋，重耳隐忍退让，当时什么也没说，等得势当上晋国国君之后，找了个借口把那个国君干掉了。

代课语文老师在"文革"当中受过迫害，腰被打出了毛病，讲课的时候，得坐着。可是讲到兴起的时候，也会站起来，把黑板擦往讲台上清脆地一拍。

"今天讲贺敬之的《回延安》以及李季的《王贵与李香

香》。我对八百里秦川有一种莫名的向往，去年找个机会去了一趟。真跟电影里演的似的：一条黄土路，一个汉子赶了辆驴车，一条腿盘在车辕上，另一条腿在车边逛荡着。车后边歪着他的婆姨，红袄绿裤，怀里一个娃，吮着娘的奶不松口……陕西和山西的农民兄弟在外表上很难分，但我有个诀窍：陕西的手巾把儿朝后系，山西的手巾把儿朝前系。"

从窗户吹过来的风已经略带一些热力了，窗外的树叶也仿佛吸饱了春天的雨水，在阳光下泛出油油的绿意来了。代课语文老师的嘴还在不停地动着，仿佛在满足自身的一种生理需要。他的嘴丰腴而红润，保养得很好。还有眼镜，很厚，侧着光看去，一圈圈的，仿佛二筒。"奶罩。"我想。

我真的有点累了，在我的感觉中，我可以听见语文老师说出的每一个字，可每一个字落进我耳朵都成了一个词："睡觉。"

我几乎要完全闭上的眼睛里只有身边的朱裳，一条深蓝的牛仔裤，一件淡粉的夹克。头发是昨晚或今早刚洗的吧？束头发的布带子系得很低，布带以上的头发散散地覆了半肩。

"也算是她陪着我睡了一觉儿吧。"我这么想着，安心地闭上眼睛。

眼睛再被铃声逼得睁开，已经是课间了，教室一片混乱。

爱念书的几个人像往常一样，屁股和椅子紧紧地吸着，复习上课记的笔记："陕西，手巾把儿朝后。山西，朝前……"

鼻孔黑黑的男生对着同桌的眉眼傻笑：摊上新来了批水洗布的裤子，裤形不错，想不想一同去看看？

几个臭小子绕着桌椅游走玩耍，互相拍打对方的身体以示友好：又过了一节课，你是否感觉幸福？

另外几个人躲在角落里淫荡地笑着，一定是把教导主任编进了新近流行的黄色笑话，教导主任也不知是上辈子做的什么孽，这辈子落在这帮对解析几何、柏拉图和《肉蒲团》一样精熟的学生嘴里。

"困了？"朱裳冲我使劲儿睁着的眼睛一笑。

"饿了。"

"还有一节课就可以吃饭了。"

"猪食。"

"别自己骂自己呀。"

"食堂的饭，人吃不进去，猪吃了长肉，不是猪食是什么？"我忽然一个冲动，想请朱裳去吃小馆，喝几杯小酒，却生生把嘴边的话咽进去了。仿佛嘴里有口痰，却找不到地方吐，只好含在嘴里，等痰的咸味变淡再生生吞进肚子里。"还立志当采花大盗呢？扯淡。"我暗暗骂了自己一句。

"不过下节是数学课，你如果好好听一下，或许会没食欲的，也许不饿了。"

"你说要是哥伦布有个数学老师，他能发现新大陆吗？不能细听，听多了许多欲望都会没的。不仅食欲，兴许连春梦都没的做了呢。"

"臭嘴。"

"对了，你昨天晚上有没有做梦呀？别误会，不是指春梦，书上说女孩很少做春梦的。什么都行，五点钟左右。"

"好像睡得迷迷糊糊，没什么梦。噢，对了，又闹猫了，可能是五点吧，天刚有点亮。大公猫就在窗台趴着，眼睛绿绿的，一张大脸，好像还是个笑模样，吓得我把灯拉开了。"

"……后来呢？"

"猫走了。"

"我……真的饿了。"

"这么着吧，你中午吃我带的吧，我回家，下午的政治课本忘在家里了，正好要回去拿。就这么定了。"

"多谢了。我中午吃什么？"

"清炒蟹粉，还有杂七杂八的，拣昨天的剩菜。"

"吃不了怎么办？"

"使使劲儿嘛。要不，分张国栋点，你们俩都太瘦了，硌眼睛。"

"心疼我们了？心疼我多些还是心疼张国栋多些？"

"没有。正巧轮到我出板报了，正要请你们俩写点东西呢，书上的东西不是太长了就是没法看。先贿赂贿赂你们。"

"穷文富武。文人吃饱了先想的一定是抱姑娘而不是写文章。不过，这或许是请客的真实目的呢。"

"臭嘴。"

又一声下课铃响，前排的小个子男生抱着比自己脑袋还大一圈的饭盒一个箭步蹿了出去，直奔食堂，仿佛抱着炸药包义无反顾奔向敌人碉堡的战士。

第三十九章
青春美文

我忽然不想上下午的政治课了，天阴了起来，我想回我的房间去。

房间很小，放一床，一桌，一椅，书就只能堆在床上。

桌子的右手是扇窗子，窗子里盛了四季的风景，花开花落，月圆月缺。桌子的左手是扇门，我走进来，反手锁上，世界就被锁在了外边。

点亮灯，喝一口茶，屋里的世界便会渐渐活起来。曹操会聊起杀人越货，谈笑生死，以及如何同袁绍一起，听房，玷污别人的新媳妇。毛姆会教我他的人生道理，最主要的一条是不要带有才气的画家或是写诗的到家里来，他们吃饱以后一定会勾引你的老婆。受尽女人宠的柳永低声哼着他的《雨霖铃》，劳伦斯喃喃地讲生命是一程残酷无比的朝圣之旅。杜牧才叹了一声"相思入骨呀"，永远长不大的马克·吐温便开始一遍遍教你玩儿时的种种把戏。

"有些问题太难懂，仿佛上学离开妈妈，仿佛将来要将性命托给另外一个女人，仿佛现在心里喜欢上一个姑娘。小屋子太小了，容得下两个人吗？屋里的天地太大了，那个姑娘会喜欢吗？"

我坐在桌子前，世界和自己之间是一堵墙，墙和自己之间是一盏灯，灯和自己之间是一本书。书和自己之间，是隐隐约约的朱裳的影子。

电话就在旁边，七个号码就可以解决某种思恋。天渐渐暗下来，窗子里是很好的月亮。

现在回想，我那时候的意淫清丽明净，我的日记俗甜肉麻。后来我见过几个以写青春美文出名的东北糙汉，冬天三个星期洗一次澡，夏天两个星期洗一次澡，腋臭扑鼻，鼻毛浓重。他们张口就是："紫色的天空上下着玫瑰色的小雨，我从单杠上摔了下来，先看见了星星，然后就看见了你。像水库大堤积足了春水，打开闸门，憋了一冬的天气一下子暖成了春天。往日的平静和尘梦一冲而逝，大自然这本大画册被一页页飞速地翻开。气润了，鸟唱了，燕来了，雨落了，柳绿了，花红了。像是一个情窦初开的男生，对你的一声'爱'在心里积了许久，一朝说出来，随之笑了，哭了，吻了，嗔了，恼了，喜了，所有风情都向你展开。"我心想，如果我从中学一直以写文章为主业，我一定出落得和这些写青春美文的东北糙汉一样。

我的日记是这样记录的：

"这样的月亮下，故宫后街一定美得凄迷，角楼一定美得令人心碎，令人落泪了。"

"小姑娘，我小小的姑娘，我睡在粉色花瓣上的小姑娘，我淡如菊花的小姑娘，想不想出来陪我走走？"

"你饭盒里的清炒蟹粉很香，午饭慢慢地吃了很多，吃得天阴了，吃得人不想再去听'资本主义的根本矛盾是日益扩大的生产力与人民相对缩小的购买力之间的矛盾'。"

"小姑娘，我小小的姑娘，我冰清玉洁的小姑娘，想对你说，谢谢了。"

我拿起电话，几个号码按下去，线的那端是个女声：

"喂？"

"请问朱裳在吗？"

"我就是。"

"我是秋水，不好意思打扰了，请问今天下午的政治课都画哪些重点了？"

"噢，等一会儿啊，我去拿书……好，第十五页第二段，第十六页第一段，第十七页二至三段。"

"多谢。不好意思打扰了。多谢。"

我飞快地把电话挂了。从桌子上捡了张纸，给朱裳要出的板报写了点东西：

仿佛

仿佛有一种语言

说出来便失去了它的底蕴

仿佛摇落的山音

掌上的流云

仿佛有一种空白

河水流过堤岸没有记忆

仿佛投进水里的石头

落进心里的字句

仿佛有一种存在

只有独坐才能彼此感觉

仿佛淌过鬓边的岁月

皴上窗棂的微雪

我混乱中通过凌乱的梦又回到了课堂。

阳光从左侧三扇大玻璃窗一泻而下，教室里一片光明。看得见数学老师不停翕动、唾沫细珠乱迸的嘴，但是听不见任何声音，教室静寂无声。看得见每个人脑袋里的血管和血管里的思想，但是无法判断是邪恶还是伪善。

朱裳坐在我前面而不是旁边，散开的黑发在阳光下碧绿通灵。原来系头发的红绸条随便扔在课桌上，绸条上有白色的小圆点。当她坐直听讲的时候，发梢点触我的铅笔盒。当她伏身记笔记的时候，发梢覆盖她的肩背。

我拿开铅笔盒，左手五指伸展，占据原来铅笔盒的位置，等待朱裳坐直后发梢的触摸，就像等待一滴圣水从观音手中的柳枝上滑落，就像等待佛祖讲经时向这里的拈花一笑，就像等待崔莺莺临去时秋波那一转。

我没想到，那一刻来临时，反应会是如此剧烈：五颜六色的光环沿着朱裳散开的头发喷涌而下，指尖在光与电的撞击下开始不停地颤抖。

这种痛苦的惊喜并未持续很久，就像在漫长的等待和苦苦的思索之后，对经卷的理解只是在一瞬间一样。黄白而黏稠的液体从左手食指一段一段地流出，仿佛一句句说得很快，但又因为激动而有些口吃的话。

我醒来的时候，发现和我躺在一张床上的李白、柳永、杜牧之流正用阴冷而狠毒的眼神看着我，张张惨白的脸在防腐剂中浸泡了千年，显得空洞而没有意义。

第四十章

打枣

晚上十点钟，我挺尸般朝下躺在宿舍的床上。十点半熄灯，臭小子们陆续从自习室回来，憋了一晚上的嘴正想活动。

"秋水怎么了，床上又没姑娘，采用这种姿势干什么？"

"你这就不懂了吧？这叫演习，这叫冥想，这叫养精蓄锐。老道、尼姑们常练这种功夫，取阴补阳、取阳补阴，御百女或过百男关后白日飞升，骑着墩布升天。"

"对，养精蓄锐，等到月黑风高之时，带着梯子……"臭小子们看我一言不发，放弃抵抗，开始放开了说。

"梯子是传统工具呀！十八、十九世纪的法国小说里用的都是梯子啊！顺着梯子爬上去，小姐一开窗，两个人就势一滚，便滚到了窗边的床上……"

"二十世纪了，楼梯也是梯子呀！咱们楼上就是女生呀。径直走上去，她们一开门……"

"你们知道他为什么不吭声吗？他在想一个好办法，因为秋水干这事比较困难。"灯熄了，同志们更少了顾忌。

"一次我偷听见被他压在下面的姑娘让他再往里伸点，他脸一沉，说：'就这么长了。'"

"这比较惨，这比较惨。这很不好，这很不好。"

"秋水靠的不是长度，而是力度、实力以及持续时间。"

"这就是你们胡编了。秋水是咱们学校第一名枪，谁不知道。秋水在小便池一站，睥睨自雄，谁人敢上？别人都得在池子下面憋着。谁比他挺呀。"

"咱们教导主任比秋水挺。"

"对了，对了，最近又出一个真实的故事。"

"讲讲。"

"大家都知道，我们学校是市重点。大家富点了，钱怎么花呀？一是给自己花，有病看西医，没病看中医。再有就是给儿女花。所以咱们学校越来越难上。秋水是聪明人，考前留了个心眼，先来咨询一下，看看难考在哪儿。先看见的是王大爷，看门的王大爷讲，上我们学校的一定要先天足。瞧我，快七十的人了，什么都缩缩了，可是门口来了小流氓，我兴头一起，打小流氓，从来不用警棍或是电棒。秋水轻蔑地一笑：'我小弟弟不硬的时候，就拿小弟弟当腰带，都从来不用皮带的。'王大爷当下叹服，请秋水进去，让他去见见教导主任。秋水得意扬扬地向教导主任家的院子走去，心想，市重点也不过如此。可是当秋水走进教导主任的院子，秋水愣了愣，掉头就跑。你们猜怎么着？秋水看见教导主任正躺在地上打枣呢。"

"咦，奇了怪了，秋水怎么了？还呈现一种厌恶的表情。是因为我们是粗人，还是因为你真的怀上了孟子呢？肉割不正不食，席放不正不坐，非礼勿听，非礼勿言。"

"秋水你病得不轻呀。教你个药方吧，一百年前娼妓常唱：'瓜子嗑了三十个，红纸包好藏锦盒，叫丫鬟送与我那情哥哥。对他说，个个都是奴家亲口嗑。红的是胭脂，湿的是唾沫。都吃了，管保他的相思病全好了。'我给你一包'日本豆'吧。"

"去你的。"我吼了一口。

"和谁呀？是谁害得你这样呀？苍天有眼呀！你也有今天，报应呀！"

"说真的，我觉得是这几天秋水书念得太苦了，好像要拼命累死自己似的。这是被谁涮了，变得那么深沉，拼命做题，化悲痛为力量哪。我说，别老在这儿沤着啦，出去淫荡一下，过过你旧时的生活，找个女孩追追，聊聊，抱抱。翠儿是个多好的姑娘啊！身在福中不知福，多少人想拿大棍子把你往残里打呀！出去淫荡吧！康大叔说得好，包好！包好！画阴阳盂的人巨聪明，你瞧，一阴一阳，一男一女，你中有我，我中有你。一边多的正是另一边少的。我看，人心里都有个空荡荡的洞，你怎么努力，踢球、打牌、毛片、自提，没有用，最多只能堵住半边。就像阴阳盅，男孩只有泡在女孩那儿，才能补齐那半边，才能真正实在，才能真正愉快。去吧！包好，包好。"

"去你的！不说话没人把你当哑巴，不光屁股在马路上跑没人把你当太监。"我骂了一句，走出宿舍。

第四十一章
乙醚春药案

凉一阵，热一阵，下阵雨，出一小会儿太阳。凉热打了几个反复之后，天忽然暴热起来。早上还油绿绿的叶子，中午就卷了边；街上的行人打起了雨伞，希望遮住天上下的火。

"去饭馆喝啤酒吧。"张国栋对我说。

"好。"

小馆就在学校旁边，馆子不大，倒也干净，有台布，入座有人倒茉莉花茶。墙上挂了一溜的红纸条，条上墨写的菜名。还有两个条幅，字大墨黑，我喜欢："闻香下马"，"不醉不归"。

随便叫了几个菜，我一扬脖就把杯子里的酒干了。

"你最近不大高兴。"张国栋喝了口啤酒。

"一点吧。你努力得怎么样了？"我问。

"什么怎么样了？"张国栋说。

"追朱裳怎么样了？我的座位还等着和你换呢。"

"我也请过朱裳到朝阳剧场看电影，人家不去。我也请她吃过呼家楼葫芦王的糖葫芦，人家吃了就吃了。有一天，下大雨，又打雷又打闪，我和朱裳一起在实验楼前面的屋檐下等雨小点，我厚着脸皮和朱裳说过，我喜欢你。"

"人家怎么说？"

"她说，是吗。"

"然后呢？"

"然后就没然后了。好像总有一层纸，怎么也不敢捅，也不知道怎么捅。"

"再捅捅，这得自己来了，我也帮不上你。仿佛和尚讲的'悟'，师父说出大天去也没有用，还得自己想明白。"

"有时候想明白也没有用，事情不经就没法明白。我看你和朱裳有说有笑的，我看你也不用代我写情书了，自己用吧。你丫说实话，告诉我，你到底喜欢不喜欢朱裳？"

"喜欢。"

"我总觉得她喜欢你。"

"扯淡。即使有点感觉，又能怎么样呢？语文老师说：'假如我的眼睛使你心跳，我就从你脸上移开我的目光；假如打桨激起了水波，就让我的小船离开你的岸边。'我和你不一样，我没有你挺。"我又喝了一口酒。

"我觉得朱裳是被追出毛病了，性冷淡，一点反应都没有，一点反馈都不给。"

张国栋在朱裳用陈述的语调回答他说"是吗"之后，醉心于春药制造，目标不是壮阳，而是对付性冷淡。张国栋神秘地告诉我，成分基本可以分为植物类和动物类，植物类有：肉苁蓉，淫羊藿，人参，五味子，菟丝子，远志，蛇床子。动物类有各种鞭，以及童女月经、童男尿液。我尝过张国栋自己研制的冰激凌，没有比那个东西更难吃的了。对于他的春药理论，我当时没有一点兴趣。后来发生了两件事情。一件事是互联网兴起，张国栋还在清华读书，他将他对春药的研究写成了一个十页的概述，请班上网络精熟的同学放到网上出售。网上的广告是这样写的：中国古代春药大全。收录了中国古代的五十种春药配方。售价十五元。购买此物请勿做坏事，否则与本站无关！与本人无关！且国法难容！另一件事是张国栋的一个清华化学系的师弟，在网上购买了张国栋的研究摘要，改进了配方，添加了能使人短时间意识丧失的乙醚，并且把春药制成了气雾剂。在一个寒假的周末，气雾剂形式的春药和乙醚一起，从窗口散入某女生寝室。三个可能因素造成了张国栋化学师弟的失手：一、分析化学没有学扎实，乙醚的剂量小了；二、中草药定量的确困难，春药的剂量小了；三、进入寝室太着急，乙醚和春药的作用没能充分发挥。听看楼大妈谣传，他跳进女生寝室的时候，里面三个女生都是晕而未倒，面色桃红力大无穷，但是想的还不是扒光他的衣服而是抽他的耳光，叫的也不是"我的郎"而是"抓流氓"。保安赶到的时候，张国栋的化学师弟已经没有五官了，小弟弟已经被踢进盆腔了，肋骨也折了四根。要不是保安来得及时，命就没了。这就是二十世纪九十年代中期著名的清华乙醚春药案。后来化学师弟被开除了，张国栋也被开除了，罪名是教唆低年级同学，提供作案工具，是案件背后的黑手。张国栋把网上的广告用一号黑体字打印了，给校领导看，"购买此物请勿做坏事，否则与本站无关！与本人无关！且国法难容！"当时的校领导说，你以为我真傻吗？这是后话。

"你说朱裳有什么好？"张国栋问我。

"我觉得她一点都不好看。"我说。

"但是她哪点不好看？"

我回答不上来。

"你看见桑保疆床上的小礼盒了吗？"张国栋又问。

"看见了。我还奇怪呢，包得严丝合缝的，好几层，可好看了。难为桑保疆能有这么细的心思。"

"猜猜给谁的？"

我和张国栋同时用筷子的另一端蘸了啤酒在桌面上写了个字。酒痕新鲜，都是一个"朱"字。

"知道哪儿弄的钱吗？"张国栋再问。

我摇头。

"记得你给桑保疆的两本毛书吗？"

"我还知道他以那两本书起家干起了小生意，而且越干越不像话了。"

"那天我也说了他一次，小师弟们躲在宿舍的床上看，那两本书印着毛的地方都没颜色了，好几处都被手摸破了。"

"仿佛少林寺和尚练功处的石地板。我总有一种不祥的感觉。"

"我也是。桑保疆说以后让租书的去厕所看，不能用我们的宿舍了，还说……"

"说什么？"

"说要把座位和你换回来。"

"他怎么想起来的？"

"或许是长到时候了吧，和憋尿差不多。"

"或许是天热，气烦。"

"昨天不是特别热吗，你逃学没来，朱裳穿了件小褂，白的，有暗花，半透明的，没戴奶罩，短袖的袖口有点大，从侧面看，山是山，水是水。"张国栋夹了一筷子红油猪耳。

"像不像书上讲的什么白鸽子红眼睛或是小白兔红眼睛似的？你看它一眼，它看你一眼。你又看它一眼，它又看你一眼。"

"你坐在她旁边那么久，没见过？好，下次再出现这种情况，我打电话给你，让你马上回来上课。没那么好，不像书上说的。黑不溜秋的。桑保疆有事没事跑过来五六趟，肖班长也巡视过好几回。两个人脸红红的，胀的。"

"后来呢？"

"我总觉得女孩让人这样看不好，就给她写了个纸条：'你忘了穿背心吧？'下一节课，她就穿上了，估计奶罩就在书包里，课间休息换上的。"

"难怪桑保疆要和我换位子。"

"别提他了，怪恶心人的。好了，快上课了，咱们回去吧。"张国栋结了账，下午还有课，数学。

很久的后来，我问朱裳，桑保疆的盒子里装了什么。朱裳说，包得很严，五层包装纸，不同颜色，里面是蓝色的橡胶小人。我说，是不是各种姿势，男女抱在一起？朱裳说，除了你，没人这么淫荡，亏你还读了那么多书。橡胶小人规矩得很，或立或坐或走，但是都没有眼睛。

第四十二章
一本黄书

又是一个酷热的下午，忽然喇叭广播通知，两节课后全体高二学生去礼堂紧急开会。

"又看不成电影了。"马上有人抱怨。

"今天作业可多了，真烦人。"

"你说好的陪我去挑裤子，改到明天去好不好？"

…………

全体学生坐好以后，教导主任正义凛然地踱上了主席台。

"什么事呀？"学生们在下面开始议论。

"听有的老师讲桑保疆被抓住了。"

"因为什么呀？"

"租黄书。"

"什么黄书？好不好看？"

"黄书当然好看了。但是我没看过。"

"怎么抓住的？"

"据说是教导主任去宿舍楼，忽然兴起，去大便。他隔壁的大便坑位里有人租桑保疆的书看，到底是因为发出的响动太大了，还是系裤子时候把书搭在两个坑位之间的隔断上被主任看到了，我就不大清楚了。"

"发出什么响动？"

"我又不在现场，你问教导主任去。"

"为什么看黄书要脱裤子呀？"

"问你爸去。"

…………

"盛夏之际，微风送爽。"教导主任清了清嗓子，说到"爽"字，振臂一挥手，好像扇了台下每个听众一个嘴巴，我离着老远还能望见他腰里拴的巨大仔玉。"同学们！最近，在我们学校，在我们这个年级，发生了一起耸人听闻的大事件！大家不要笑，这是个很严肃的事情，今天如果有警察在场也不算过分。在各级领导的指导下，在全体老师、同学干部的帮助下，这个事件终于被我们教导处成功地发现了！我们年级有个别人竟然租借黄色书刊给其他年级的同学并收取租金。这是怎样的一种卑劣行径呀！不仅自己看还给别人看，还要收取钱财！首恶必除，如何处理，要看这个别人的态度与表现，处分是免不了的。下面还有三件主要的工作要做：第一，自己承认并互相检举，都是哪些人看了黄书，并写出检查来，写清楚过程及自己的认识。第二，主动把那些手头的黄书、黄录像上交到我处，过时不主动上交被我们发现的，我们一定会严肃处理的，严肃到什么程度？严肃到足够让你后悔的程度。第三,一定要追查这些黄书的来源，这不是一个孤立的事件，资本主义的腐朽大腿和光屁股不会无缘无故地从天上掉到我们操场上来的。具体是谁？我们已经有了明确的线索，但还是希望有些人能主动承认……"

第四十三章
让你很难看

我跑回自己的房间，反锁上门，脸向下，把自己放倒在那张大床上。褥子前几天被妈妈晒了，浓浓的太阳的味道。

"这一切是怎么开始的呢？"

我抬起眼，在塔楼的缝隙中，很费力地调整角度，找到了一点地平线。太阳正在下沉，"为什么初升的与要下沉的总是很大？"红红的、圆圆的，仿佛某种永难愈合的伤口。

有人敲门。

是桑保疆。

"教导主任知道那两本书是你借给我的。不是我说的，是肖班长说的。他真不是个好东西，我亚运彩票抽中一等奖也是他告诉教导主任的。"

"嗯。"

"教导主任问我是不是你给我的，把我关在小屋子里，也不给水喝，问了我四个钟头啊。"

"嗯。"

"我说记不太清楚了，需要想想。本来嘛，太长时间了，不信，你看看那两本杂志，毛都磨没了。"

"嗯。"

"他要我好好想想，想清楚一点。班长的证词只能作为佐证。如果就是你给我的，就是你的主要责任。如果是我从校外自己找的，就是我的主要责任。教导主任说，要正本清源。"

"我还帮你买过一把藏刀呢，你为什么没用它把教导主任阉了呀？反正是我的主要责任。"我仿佛又看见教导主任硬生生拉上拉链，从小便池下来的样子。

"这是他的逻辑，不是我的逻辑，你知道我的，我没逻辑。他是教导主任。我不想连累你，反正我一定会受处分了，何必两个人都受处分呢？"

"处分和处分不一样，处分有好些种呢。"

"我想保你。"

"你真仗义，如果没有'然后'的话？"

"然后咱俩把位子换过来。"

"不干。"

"只换半年。"

"免谈。不干。"

"我的要求不算高，你答应了这件事就与你没有任何关系了。我一口咬定是从校外弄来的，外面的坏人多如牛毛。

班长、教导主任也没什么好说的。"

"不干。"

"我本来不想告诉你实情，怕你以为我是在吓唬你。教导主任讲，如果我承认书是你的，你有可能会被开除的。班长、班主任不会为你说什么好话的。他们都等着看戏呢。你不干也坐不了那个位子了，何苦固执呢？"

"不干。我问你，你以为坐在朱裳旁边你就能占到什么便宜？"

"我不这么认为。我就是想坐在她旁边，尽管没什么道理。"

"我也没什么道理。我就是不干。懂，你就走。不懂，你就滚。"

"好吧，你等好吧。我知道你瞧不上我，一入校你就让我难堪，你们都看不上我，我也会让你很难堪的。"

第四十四章
温润之美

两个星期之后，处理结果出来了，桑保疆记大过处分。我老爹动用了无数关系，而且许诺将办公楼前小花坛的雕塑请中央美院的名牌教授重新塑过，校方终于同意不给我处分，但是必须在半个月内转学。

在学校的最后一天，老师没有拖堂。我把自己的东西收拾好，绕着校园随便转了一圈，花坛的雕塑已经被推倒，胡乱躺在草地上。我对张国栋和刘京伟说了声"走了"，人便已经到了街上。天真热，我买了只双棒鸳鸯雪糕，顺便看了眼那棵楼边的大槐树和老流氓孔建国的小房子。

回到家，天还没怎么黑，朱裳屋子里的灯却已经亮了。

我忽然感到一种好久没感到的轻松，仿佛一个死结马上就要被打开了，一种快解脱的感觉。多年以后，我老婆问我，现在是真情一刻，关于孤岛的两个问题。第一个，如果你一个人去孤岛，只让你带一本书，你带哪一本？第二个，如果只让你带一个姑娘，你带哪一个？我说，都快六点了，咱们吃涮羊肉去吧。我老婆说，你必须回答。我说，我带《说文解字》和我妈。

"只差一句话，只差一句话。"一个声音高叫着。

我刷了牙，洗了脸，换了一条新裤子。我对着镜子上上下下看了看，感觉满意后踏上楼梯，越爬，感觉越轻松，越爬越觉得楼梯的尽头晶莹温润，仿佛传说中的翡翠城堡。

"不再是楼群间的老路了。"

那个巫婆已经老得不能再老了，两个奶子已经老到了肚脐。还是王子好，什么也没用，王子一个吻，睡了千年的公主就醒了。

"只差一句话，只差一句话。"一个声音高叫着。

爬到五层，我敲了敲门，出来的果然是朱裳：白裙，蓝色的真丝小褂，小小的黄色菊花图案，头发散开，浅浅地覆了一肩。

我在恍惚间想起了好些事：老流氓孔建国的教育，找处女的故事，第一次抱翠儿的腰，教导主任硬生生地拉上拉链……

"明天就到别的地方上学了，想最后对你说句话。"我拉开裤子的拉链，露出硬硬的家伙，晶莹温润，仿佛一句咒语，一句话。

朱裳后来告诉我，她当时看见我的家伙，它的嘴唇嚅动，发出的声音大得吓人。那是另外一种语言，使用另外一

234

种语法，仿佛是一个被老巫婆施了魔法面目全非的王子。她当时仿佛可以依稀懂得它的一切字里行间的意义，却不知道用什么方式应答它。它的眼睛闪动，眼角含着一颗眼泪。

朱裳后来告诉我，她脑子里浮现出那个很丑很丑的布娃娃，以及把娃娃剪成碎片的剪刀，没有继续想，重重地关上了门，转身靠在门框上，泪如泉涌。

我在朱裳关门的一瞬间，瞥见她身后，阳台上，她白地粉花的内裤随风飘摇。

初版后记

　　一年无休，攒了四周假期，年底在家赶这篇小说。空调开足，屋子里挺暖和，买了一个奇贵的"大彬"款的紫砂壶，骨相合度，腻不留手，泡老朋友新送的铁观音。随便找几本书放在旁边，起兴，就像行房前放半部毛片。有商务印书馆的《新华字典》，纳博科夫的《洛丽塔》，塞林格的《九故事》，亨利·米勒的《南回归线》，刘义庆的《世说新语》，余华的《在细雨中呼喊》。心想，写不过《新华字典》，总写得过《在细雨中呼喊》吧。

　　这篇长篇有个叫《朱裳》的中篇雏形，写得很早，两三万字，过了十年重看，文艺腔很重，幼嫩可笑，但是反映当时心境，是好的原材料。那个中篇参加过第一届亦凡网征文大赛，当时互联网泡沫还没破，得了第四名三等奖和三十块美金的支票。当时我在亚特兰大，三十块美金买了十斤青壳蟹和好些美国人不吃的猪肾，吃了好久。

　　当时，鲁迅文学研究院给的评语如下：

该作品时空跨度大，题材领域广。作品旨在对青春期少年的性心理和逆反心态进行探求和剖析。作品融入了家庭、社会和学校的环境，并将之置于特定的历史的背景之下，使这一探求具备一定的深度。

风格奇巧，语言幽默，对作品的艺术把握到位，足见作者内力深厚。

在摹写社会阴暗面、青少年邪促心理及逆反行为时，由于作品本身浓郁的夸饰风格及其因此带来的欣赏笔调，容易在未成年的读者群中产生一定程度的负面影响。

我尤其喜欢评论的最后一段，感觉自己像是巫师，具备了蛊惑人心的超能力。于是决定不改变这个中篇的故事线，在简单的线索推进中，通过回忆、想象和虚构，让杂花生树，群莺乱飞，构成长篇。在这个过程中，出版家熊灿先生和我反复强调情节和故事对于一个畅销长篇小说的重要性，我反复强调，我不是在写一个早恋故事，我要唠叨，我要写作的快感，我要记录我感受到的真实。畅销与否，对于我是次要的。为了对文字的责任感和自己的快感，在故事情节与还原状态之间，我再一次选择了后者。为了增加说服力，我引用郑燮的话："郑板桥画竹，胸无成竹，浓淡疏密，短长肥瘦，随手写去，自尔成局，其神理俱足也。"为了增加诱惑力，我对出版家熊灿先生说："这本就算了吧。第三本长篇会有一个庸俗爱情故事，涉及暴力、金钱和性，到时候还请您做。"

我最不喜欢一个人吃饭。在赶小说的过程中偶尔和几个小说中的原型吃饭，最后都是对着窗外的冬天，喝一口燕京纯生，感叹"人生苦短，还是喜欢干点什么就趁早干点什么吧"。

写长篇是个力气活儿，适合三十至五十岁干。写了一个座右铭激励自己："熟读离骚痛饮酒，一日五千字。"几天下来，不仅头痛，而且肩背痛，不知道岁数再大些，会是什么鸟样。

写长篇多数都有一个"坎儿"，大约在写到三分之二的时候出现，不知道如何是好，觉得之前写的都是垃圾。写这篇的时候，"坎儿"来得早，三分之一的时候就感觉到了。最大的失误是，"坎儿"来的时候，我抓起外衣去逛书店。灯市口大街北边有个打折书店，新书堆着卖，跟冬储大白菜似的，汗牛充栋，从地板一直淤到屋顶，王小波的全套四大本文集才卖二十元。当时一个恍惚，如五雷轰顶，信心顿失，这里面多少垃圾呀？五百年后有多少书还有人读呀？在这种认识下，要多大的牛 × 和多大的自大狂才能撅着屁股写成十几万字，然后印在干干净净的白纸上，糟践好些用来制造白纸的树木和花花草草。想起那个日本鬼才芥川龙之介，怀疑自己能力的时候就打开阁楼的窗户，向着虚空，大声叫喊："我是天才。"最后还是没用，三十五岁服了安眠药死掉。

回想自己，实在没有写作的必要，这绝对是个"熵"减少的过程。老老实实做咨询报告，一张 A4 纸，按幻灯格式横过来写，可以收两万。"桃花落尽子满枝"，过去操场上领操的校花，如今正考虑什么时候生第二胎，要不要自己开个幼儿园。何苦打着记录生命经验的旗号，再意淫人家一遍？

于是热烈地盼望再有几个长假，把我不能不落在纸上的东西写完。写完了，心里面就该空荡荡的什么都没有了吧？再见老相好也能心如古井水，没有一丝波澜。于是热烈地盼望着没有写作冲动的那一天，然后就号称自己尘务经心，天分有限，一个字也不写了，就像热烈地盼望着阳痿的到来。

野史说，江淹才尽后，过着吃喝嫖赌抽，坑蒙拐骗偷的幸福生活。我愿意相信。

一九九四年八月至二○○四年二月

北京，Atlanta，Franklin Lakes，New York City，Castro Valley，新加坡，香港

图书在版编目（CIP）数据

十八岁给我一个姑娘 / 冯唐著. -- 北京 ： 北京联合出版公司, 2025. 6. -- ISBN 978-7-5596-8100-3

Ⅰ. I267

中国国家版本馆CIP数据核字第2024GM1234号

十八岁给我一个姑娘

作　者：冯　唐
出 品 人：赵红仕
责任编辑：管　文

北京联合出版公司出版
（北京市西城区德外大街83号楼9层　100088）
河北鹏润印刷有限公司印刷　新华书店经销
字数148千字　　787毫米×1092毫米　1/32　　7.875印张
2025年6月第1版　　2025年6月第1次印刷
ISBN 978-7-5596-8100-3
定价：68.00元